本册主编 陈芳 许文可

小磨诗坊

丛书主编 王兆鹏

乡思

長江出版傳媒 | 崇文書局

乡关何处是，客心不宜秋

序

王兆鹏

《小磨诗坊》特点在“小”。

小主题。常见诗歌分类选本，多以大主题分，如山水诗选、咏物诗选之类。本丛书是按小主题来梳理切分，一种景物分作一题，一种情感归为一类，聚集呈现。一册在手，可以窥知不同时代、不同作者、不同诗体对同一主题的表现。欣赏者可藉此比较领悟同一主题的不同风格韵致，创作者可揣摩学习同一景物情感的不同表现方式与写作路径。

小规模。每本10万字。可以燃香烹茶，正襟危坐地细细品读，也可以在茶余饭后的碎片化时间里快速浏览。一种主题的流衍变化和N种风情，很快就能了然于心。

小作者。丛书的作者基本都是刚入行的名校硕士、博士，属“才露尖尖角”的“小荷”。虽然算不上名家高手，却充溢着青春才子才女们的朝气、才气、灵气，文笔灵动，话语鲜活，有学理性而无学究气。

《小磨诗坊》特色是“精”。

选目精粹。每书所选诗篇词什，都是在广搜博览的基础上几经汰选而成。切合主题的名篇佳作方能入选。故所选作品，多为百里挑一的精品。

赏析精到。作品鉴赏，既不同于传统的一板正经，如教科书般条分缕析，学术性强而可读性弱；也区别于新潮的天马行空，文笔虽妙，却不着边际，有可读性而无学术性。本丛书坚守学术本位，充分发挥每位作者的灵心慧性，将个体的生活经验、艺术感悟与迁想妙得有机融合，入乎其内又出乎其外，诗心诗境诗法诗艺，拿捏得精准到位。

制作精良。作者团队精心结撰，编辑团队也是细心打磨。如同小作坊制作工艺品，字斟句酌，刮垢磨光，力图打造一部部精品。然能否成为精品，有待高明读者的评鉴印可。

前言

许文可

品鉴古典诗词，很容易遭逢“异客”在“异乡”抒发“客愁”的文本。这些异客被称作游子，这些文本有一个相类的情感指向——思乡，这种情感由行役的艰辛、前路的不确定性触发，一经触发，就如雷霆击物、斤斧破竹，来势迅猛，不可阻挡。一言以蔽之，人穷则返本。

“穷”指偏离了正常、预期的生活路线，像戍边久不归、宦游仕不遇、迁谪流放远等，“本”同于“乡”，往小了缩，是家，往大了扩，是国。与“家”联系的思念对象有母亲、妻室、儿女、兄弟等，如杜甫《月夜》：“今夜鄜州月，闺中只独看。”“乡国”常常出现在山河破碎时、国家沦亡后，如周密《一萼红》：“故国山川，故园心眼，还似王粲登楼。”更多时候，“乡”是作为一片可以休养疲倦身体、歇息疮痍灵魂的热土被感怀的，如柳宗元《与浩初上人同看山寄京华亲故》：“若为化得身千亿，散上峰头望故乡。”

“乡”，绾结了一个血脉续延的宗族、一份可躬耕拾掇的田产、一段被冲洗的熠熠闪闪的时光。它是舒适、熨帖的，是不能满足事功、仕进的价值需要的，所以有人选择科考、有人策马疆场、有人投身漫游，当他不适应异乡新生的风物时，当他举目无友、揽手无亲时，当奸佞使阴、晋升受阻时，当囊箧萧条、炊断灶冷时，当欢庆佳节、集体狂欢时，当山高水险、走马行舟时，异己感、孤独感、漂泊感、价值失落感便裹挟、撕扯而来，如豆的灯烛、西浦的莱蔬、东篱的菊花、窗前的寒梅、叶底的流莺等，都能成为情感的爆破点，勾起还乡的念头。一方面要出走，要拾青紫，要竟功业，一方面流离顿挫，要归依，要慰藉，两种悖反的情绪在较量中形成一种张力，这种张力沉于笔端，成就了古典诗词中煌煌蔚蔚的大气象——思乡诗词。

乡思除了主动选择，还有被动接受的诸般情况，如从军远赴春风不度的关外戍边、被放逐到鸿雁不至的岭南受罚、国破家毁后的播越流转等，这类思乡诗词中都有家回不得、无家何以回的异离性、无力感，侵肌入骨，哀切非常。

在历代的“思乡”诗词创作话语体系中，笛声总在有月亮的晚上响起，月光惯爱穿窗入户照着游子的无眠，鸿雁永远到不得迁客的贬所，客中逢节十有八九，故园乡书经年难达，季节更替常牵客心，调砧捣衣最动客情，浮云碧山屡遮望眼，杨柳折尽不见归期等。

思乡诗词，往往以“客心”“客舍”“客情”“客愁”“异客”等自占身份，这一身份的自觉确认，就将行为主体和环境对立起来，突显出漂泊无依的“游”的状态。漂泊感时常由置于归路千重、江天万里的广袤空间背景中的“孤舟”“秋蓬”“浮云”“沙鸥”“流水”“归梦”等意象况出。漂泊难归，便期望乡抒怀，或登楼，或登山，总有更高的云、更远的山不应景地出现，如李觏《乡思》：“已恨碧山相阻隔，碧山还被暮云遮”；欲解愁，愁情转甚，身边又没个可诉之人，只有诉诸笔端。却神驰千里，从对面写起，如高适《除夜作》：“故乡今夜思千里，霜鬓明朝又一年”；王建《行见月》：“家人见月望我归，正是道上思家时”。自己思乡，却说家人思远，两倍思情，婉转有致。思乡诗词多有时间偏好，一般选在日暮时分、春节前夕、素秋临袭。炊烟升腾时，倦鸟飞归旧林，牧人驱犊而返，渔夫拢岸叩门，都有个归处，唯独游子在天涯断肠；新年前夕，举家欢畅，集体狂欢，唯独游子在客邸与孤灯、僮仆相伴；夏去秋来，葳蕤盛况从顶点极速衰颓下去，这一景况的触发，加上游子人生迟暮意识的自觉代入，归根返本的冲动就比日午、暖夏等任何时候都强烈。

本书精拣思乡诗词百余首，以唐诗宋词为主，沾带其他朝代。思乡诗词，是古人在追寻自我价值的过程中应接外界环境叩击的一种方式，渗透了他们的人生体认和生活态度。它产生的膏壤是关山迢递、音书梗阻的交通状况。现今，交通便利，沟通方式多样，生活中却似乎少了一种颤动的美感。品鉴古典诗词，或许可以恢复我们耳目观感的敏锐状态，或许能够成为我们在横溢欲流的当下自我救赎的典雅方式。

目录

诗

词

诗

小磨诗坊·乡思

诗经·豳风·东山

先秦·佚名

我徂东山，慆慆不归。
我来自东，零雨其濛。
我东曰归，我心西悲。
制彼裳衣，勿士行枚。
蜎蜎者蠋，烝在桑野。
敦彼独宿，亦在车下。
我徂东山，慆慆不归。
我来自东，零雨其濛。
果臝之实，亦施于宇。
伊威在室，蠨蛸在户。
町畽鹿场，熠耀宵行。
不可畏也？伊可怀也。
我徂东山，慆慆不归。
我来自东，零雨其濛。
鹳鸣于垤，妇叹于室。

洒扫穹室，我征聿至。
有敦瓜苦，烝在栗薪。
自我不见，于今三年。
我徂东山，慆慆不归。
我来自东，零雨其濛。
仓庚于飞，熠耀其羽。
之子于归，皇驳其马。
亲结其缡，九十其仪。
其新孔嘉，其旧如之何？

| 辑 评 |

［清］崔述《丰镐考信录》：“此篇毫无称美周公一语，其非大夫所作显然；然亦非周公劳士之诗也。细玩其词，乃归士自叙其离合之情耳。”

赏读

这是一个远征士卒归乡途中的喁喁细语，现实、臆想与回忆的交错，编织成一幕幕不断变换的画面：三年的军旅生活、今日家乡的荒凉、往昔婚礼的喜庆……归人的心情起伏不平。

开篇“我徂东山，慆慆不归。我来自东，零雨其濛”的反复吟唱，归人似乎在告诉我们，也提醒自己：他离家已久，而这濛濛细雨，正如归人此刻的心情。虽然他身处东山，却早已心属西方。当念及再也不用身着戎衣、衔枚行走时，归人輾然而笑。而当忆起当年于战车下蜷团而息，如同桑间的野蚕，不禁黯然神伤。

走在归乡的路上，他的思绪没有停止：此时的故乡，经历战火的洗礼，必将是一个荒凉的所在吧。也许野生的果蠃（瓜蒌）沿着房檐攀缘而上，伊威（地鳖虫）与蠨蛸（喜蛛）在室内大摇大摆穿行，室外呢，则是野鹿出没的天地，傍晚时分，一团团磷火正如黑暗中的眼睛。即便家园如斯，归人依旧能从惆怅中解脱，他告诉自己，倘若家人康乐，家园萧索又有什么关系呢？“不可畏也，伊可怀也”一句，无疑是对上文的反转。妻子呢，此刻她一定在打扫庭除，感叹士卒未归吧？由己及彼，可证彼此心心相印。此种写法在后世如杜甫《月夜》“今夜鄜州月，闺中只独看”、柳永《八声甘州》“想佳人，妆楼颙望，误几回，天际识归舟”等诗词之中，更是层见叠出。然而，“自

我不见，于今三年”又一次点明归人离家之久，打破他的追忆。诗意一转再转，归人很快又抓住这一缕思绪，回想起昔时婚礼所骑之马的颜色、仪式的种种细节，妻子的动人容貌……然而，这一切只能存留在记忆中，归人忽想：不知妻子近来如何？当下、未来、过去，归人、妻子，战场、归路、家园，辛酸、欢喜、凄凉、激动……穿梭在不同的时间、空间与情绪中，必定能因为归人的故土之思而跟上他的脚步。

诗经·卫风·河广

先秦·佚名

谁谓河广？一苇杭之。
谁谓宋远？跂予望之。
谁谓河广？曾不容刀。
谁谓宋远？曾不崇朝。

|辑评|

[明]徐奋鹏《毛诗捷渡》："通诗句句且涵且露，神情绝倒。"

[清]牛运震《诗志》："硬排四'谁谓'，奇情拗调。偏说宋不远，所憾不在宋远也，语意自妙。"

| 赏读 |

此诗仅仅三十二字，读罢我们能感受到诗人思念故土之情喷薄而出。这源于全诗借助对比、夸张与反问手法所形成一股强大的张力。诗人反复吟唱，从多个角度反驳黄河宽、宋国远的说法：谁说黄河宽广无边？（我）乘坐用芦苇简单编织的筏子即可渡过；谁说宋国远在天际？（我）踮起脚跟就能望见；谁说黄河宽广无边？（我）觉得都不能容纳一条小船（“刀”通“舠”）；谁说宋国远在天际？（我）一个早晨就能抵达。倘若这是一场辩论赛，诗人似乎没有给对方辩友发话的机会，噼里啪啦，如同竹筒倒豆子一般说出自己心中所想。

细细品味，该诗四句虽然表述同一观点，角度却多有不同：首句借芦苇筏子表明黄河的水流缓慢，那么还乡之路也就简单迅速。第三句将黄河与小船比较，力证黄河并不宽广，“曾”（竟然）表达的惊讶语气加强了夸张效果。第二句与第四句则从空间与时间维度说明宋国之近。可以看出，诗人缩短了真实空间中的黄河、宋国的旅途，因为于诗人而言，思乡之切，使得他与宋国在心理上的距离如此之近。

诗经·小雅·采薇

先秦·佚名

采薇采薇，薇亦作止。
曰归曰归，岁亦莫止。
靡室靡家，猃狁之故。
不遑启居，猃狁之故。
采薇采薇，薇亦柔止。
曰归曰归，心亦忧止。
忧心烈烈，载饥载渴。
我戍未定，靡使归聘。
采薇采薇，薇亦刚止。
曰归曰归，岁亦阳止。
王事靡盬，不遑启处。
忧心孔疚，我行不来。
彼尔维何？维常之华。
彼路斯何？君子之车。
戎车既驾，四牡业业。
岂敢定居，一月三捷。

驾彼四牡，四牡骙骙。
君子所依，小人所腓。
四牡翼翼，象弭鱼服。
岂不日戒？猃狁孔棘。
昔我往矣，杨柳依依。
今我来思，雨雪霏霏。
行道迟迟，载渴载饥。
我心伤悲，莫知我哀。

| 辑 评 |

[汉] 申培《诗说》：“宣王之世，既驱猃狁，劳其还师之诗，前四章皆兴也，下二章皆赋也。”

[南朝宋] 刘义庆《世说新语·文学》：“谢公因子弟集聚，问：‘《毛诗》何句最佳？’遏称曰：‘昔我往矣，杨柳依依；今我来思，雨雪霏霏。’公曰：‘讦谟定命，远猷辰告。谓此句偏有雅人深致。’”

|赏读|

《采薇》一诗与《东山》有异曲同工之妙，亦是一个征戍多年战士于归乡途中回忆过往战事，清代方玉润曾言此诗“绝世文情，千古常新”。诗篇前三章重复吟唱同一个“采薇”的动作，然而细究，可见在这之中，薇菜（野豌豆苗）的长势经历了“作”（初生）到“柔”（柔嫩）再到“刚”（粗硬）的过程。这就是《诗经》中常常使用的比兴手法，征夫借薇菜的生长变化诉说着自己岁月的流逝。然而，当薇菜都变得坚硬不可食，当征夫一直告诉自己回乡吧、回乡吧，当日历一张张翻过，又进入阳月（夏历十月），他在哪里呢？他却依旧身处战场，身在远方。征夫心中自然明白肩负的重任，北方猃狁（匈奴）的入侵，让广大人民丧失家园、居无定所，让他天天疲于奔命、饥渴难耐，所以，他必须参加这一场战役，驱除猃狁，恢复家园！然而，在家与国的这一天平上，征夫觉得自己做得还不够好。每当他念及父母亲朋，一丝愧疚感油然而生，由于战事的吃紧与战争地点的不断转移，他不仅没有时间返回故土，甚至连一封家书都没有寄过！匆忙的战事似乎不容征夫多思念家乡一刻，诗中对君子、小人、戎车、弓箭的描写，又呈现出一副紧张激烈的战争场面。“岂敢”“岂不”引导的反问句，更是加强了这一气势。

然而，幸运的是，这一切都结束了。此刻的征夫

走在归乡的路上，他的脚步并不是想象中的轻快如飞。他不由回想起当初离开家乡的情景：那是一个生机勃发的春天，杨树刚刚抽出新芽，柳条迎着微风飞舞，正如他的家人一般，与他告别，满含不舍。而如今呢，大雪纷飞的冬天，他饥寒交迫、形单影只，脚步越发缓慢。两相对比，情何以堪？

十五从军征

汉·佚名

十五从军征，八十始得归。
道逢乡里人，家中有阿谁？
遥望是君家，松柏冢累累。
兔从狗窦入，雉从梁上飞。
中庭生旅谷，井上生旅葵。
舂谷持作饭，采葵持作羹。
羹饭一时熟，不知贻阿谁？
出门东向看，泪落沾我衣。

|辑评|

[清] 沈德潜《古诗源》：“‘遥望’二句，乃乡人答词，下从征者入门之词，古人诗每灭去针线痕迹。”

[清] 王夫之《古诗评选》：“苦甚迫甚，而发意出手自有余闲，不似‘幸有齿牙存，所悲骨髓干’，逼真作净丑语。”

赏读

本篇出自《乐府诗集·横吹曲辞·梁鼓角横吹曲》，是一首征夫归乡诗。诗歌开篇“十五”与“八十”岁在时间上形成对比，带给读者强烈的震撼。这位征夫，正值红颜美少年之时就离开故里，编入战争的队伍。这一去就是六十五年，直至白发苍苍的年纪，他才返回桑梓。征夫离家时间久、归乡年纪大，他对家乡、亲友的眷恋深，因而在路上碰到乡亲，迫不及待询问自己家中的情况。然而，乡亲告诉他：远远地望去，征夫的家唯见毗连重叠的坟冢与一排排整整齐齐的松柏，所有的家人，早已在战火中丧生。

对于乡亲的描述，征夫半信半疑，然而当他回到家中，亲眼所见与乡亲所言无差：野兔子从狗洞中穿来穿去，野鸡在屋梁上飞来飞去，野谷占据了整个院子，井边的野葵发疯一般地生长……家中已经没有一丝人的气息，全成野生动植物的天地，征夫梦寐以求的家乡已成这般荒凉的模样！或许急匆匆赶了这么长的路，征夫感觉到饥饿难耐，他在院中舂野谷，煮野菜。当饭菜熟了，传来诱惑的香味，征夫却毫无食欲，他走出房门，向东遥望，不禁潸然泪下。也许他忆起年少与家人围在一桌吃饭时其乐融融的情景，而如今，这些饭菜又能与谁共享呢？他看到亲人的坟茔，不禁感慨自己年老孤苦无依……这首诗的描写叙述饱含深情，让人唏嘘。

步出城东门

汉·佚名

步出城东门，遥望江南路。
前日风雪中，故人从此去。
我欲渡河水，河水深无梁。
愿为双黄鹄，高飞还故乡。

|辑 评|

[清] 方东树《昭昧詹言》：“‘前日’二句，万古清警，似是客中送客作。”

[清] 张玉谷《古诗赏析》：“此思归之诗。前后明顺易解，得三四语空中形激，便觉局拓意深。”

赏读

这首五言古诗作于汉代，抒发客中思归之情。

开篇以行动牵引情思。步出城门，遥望江南。这是眼前景，是实写。江南，大概是主人公的故乡所在。主人公为何选择步出东门，而非南门、西门，或者北门？三、四句回忆语交代了缘由：前日，故人栉风沐雨，载驰载驱，从城东门归往江南。这是过去景，是虚写。前四句用倒装手法，正常语序为前日故人从东门归南，今日“我”沿旧路望向江南。倒装之后，置换了侧重点，望乡为主，故人归去为宾，更见乡情之切。可前日风雪交加，已淹没了故人的足迹，主人公欲归无路。故人归去的前日与步出东门的今日，中间还隔了“昨日”，为何昨日不循途守辙，还归故乡？一种可能的原因就是昨日风雪更甚，难以出户。

主人公亦知风雪掩路，还是抱着侥幸的心理，一步缓似一步地来城门探察，生怕车辙难寻，等迈出城门，希望破灭后，转陆路为水路，顶针修辞，顺势而下，然而河阔水深，既无舟楫，也无桥梁，四面路绝，遂逼出最后一句：愿与故人一道化作黄鹄，一举千里，飞还故乡。陆路不通，另觅水路，水路阻隔，托愿高飞，层层逼近，一条比一条难，一种比一种无奈，更觉思乡之切。

艳歌行

汉·佚名

翩翩堂前燕，冬藏夏来见。
兄弟两三人，流宕在他县。
故衣谁当补，新衣谁当绽。
赖得贤主人，览取为吾绽。
夫婿从门来，斜柯西北眄。
语卿且勿眄，水清石自见。
石见何累累，远行不如归。

|辑 评|

[明] 徐祯卿《谈艺录》:“盖叙事辞缓，则冗不精。‘翩翩堂前燕’，叠字极促乃佳。”

[清] 贺贻孙《诗筏》:“层层宛转，发乎情，止乎礼义，可见汉人去《三百篇》尚未远也。”

赏读

艳歌是乐府诗中的一种音乐形式，曲调舒缓明艳，至汉代发展较成熟，因此人们多拿它来配辞。《艳歌行》下有多首同题诗歌，本首是游子在被女主人丈夫误会之后，对家乡思念与呼唤的诗。

宋玉《九辩》曾言“燕翩翩其辞归兮”，诗歌首句即由此化出。燕子是一种候鸟，作为动物的它尚且知晓时令，年年有回归的日期。然而游子一直在远乡漂泊，不禁发出“人不如燕”的感慨。此句的比兴的手法运用极为贴切准确。虽然游子的兄弟尚在，然而却与他一样，远游他方，遥不可及。孑然一身的游子，谁来给他缝补旧衣裳？谁来给他制作新衣裳？这一问句中包含多少辛酸与痛楚。幸运的是，游子遇到好心的女主人，很乐意帮他缝补衣服，使游子感受到亲人般的慰藉。然而就在此时，女主人的丈夫归来，远远地在西北方斜视着所发生的一切。一个“眄”字，是游子眼中男子的动作与神态。他感受到了男子的情绪，这是对自己妻子与游子关系的怀疑以及对游子的鄙夷，无言胜有言。对这一次误会事件，游子心情坠落谷底，他借用清水见石以表明自己正直的品德。解释之后，游子却越发悲伤，越发思念家乡。即使自己品德如同清水中的石头历历可见，但在外还会遭遇他人的白眼与误解，不如归去。最后两句层层绾合，使得情感层层推进。

悲歌

汉·佚名

悲歌可以当泣，远望可以当归。
思念故乡，郁郁累累。
欲归家无人，欲渡河无船。
心思不能言，肠中车轮转。

|辑评|

[清]沈德潜《古诗源》："起最矫健，李太白时或有之。"

[清]陈祚明《采菽堂古诗选》："情意曲尽，旅客至情不能言，乃真愁也。"

赏读

本篇收录在《乐府诗集·杂曲歌辞》中，相传写于东汉末年，此时国家战乱频繁，君王大权旁落，普通百姓流离失所，与亲人天壤悬隔，经历着生死离别。

此诗句句皆为血泪之词。首句起调不凡：痛快淋漓地高歌一曲就可以代替哭泣，踮起脚尖站在山头遥望故乡的方向，就可以当作已经回到故乡，这种场景描述，读来满是锥心之痛！此句中的“当”字用得非常巧妙，强调了诗人前面的“歌”“望”，于后文的“泣”“归”而言，都只是代替而已。诗人的自我安慰并未奏效，因为即使他这样做了，思乡之情并未减轻半分，反而如同一块块石头，层层叠叠地累积起来，逐渐累积到一个不可承受的重量。当故乡的面貌在诗人的心中逐渐清晰，他不禁想起，家中早已蓬蒿满径，家人早已成为一堆堆坟茔。即使他能回去，可那些脉脉温情、天伦之乐也都没有了。亲人于诗人而言，是对家乡最重要的情感寄托，此刻诗人的梦应该醒了，因为他连这一丝一缕都抓不住了。“欲渡河无船”既可以看成诗人归乡之路的实写，也可以看作比喻——诗人的未来也是这般渺茫无望。在此诗的最后，诗人虽有万般愁绪，想向他人诉说，然而又能向谁诉说呢？他没有可以替他分担痛苦的朋友，就像有千百斤重的车轮，在诗人的肚肠之中碾压、翻转。诗人的悲哀一圈圈累积，使得全诗具有很强的艺术感染力。

古歌

汉·佚名

秋风萧萧愁杀人。出亦愁，入亦愁。
座中何人，谁不怀忧？令我白头。
胡地多飚风，树木何修修。
离家日趋远，衣带日趋缓。
心思不能言，肠中车轮转。

|辑评|

[清]沈德潜《古诗源》:“苍茫而来，飘风急雨，不可遏抑。”

赏读

似乎从宋玉《九辩》“悲哉秋之为气也，草木摇落而变衰”起，诗人偏爱写秋天的风带给人的肃杀之感，此首乐府诗亦是。

开篇就极言秋风带给诗人的忧愁情绪，这种愁之深，似乎像一把武器，能够杀死诗人。这种愁之绵延不断，无论诗人身处室内还是室外，他的愁绪都没有减轻一分。三个“愁”字的反复吟唱，带给读者强烈的震撼，读者不禁追问诗人的愁从何而来？是因为时光匆匆而逝，还是其他？诗人此时并未直接回答，他只是接着描写自己所见的在座之人，他们与自己相似，一个个满脸忧愁。而诗人自己，被忧愁缠住，似乎头发白得更快了。接着，诗人的视线又从室内转到室外，他所处的胡地常常刮起大风,树上的叶子“哗哗”飘落，整个树干就如同干枯的鸟尾，整片大地没有一丝生机。诗人背井离乡，来到这遥远的胡地，家乡的风光与此地相差甚远，那是一个在秋季依旧莽莽苍苍的绿色世界。胡地的荒凉，更激起了诗人的无限乡思。而对家乡的思念增加一分，诗人的身体就越消瘦一分，衣带也就越宽松一分。宋代柳永的“衣带渐宽人不悔，为伊消得人憔悴”便是化用此句，借用衣带的宽松来写诗人因思念对方而消瘦，具有很强的艺术表现力。此诗最后一句与“悲歌”尾句相同，可见乐府诗在传抄、编纂过程中所发生的重复与变异。

七哀诗其二

东汉・王粲（177—217）

荆蛮非吾乡，何为久滞淫。
方舟溯大江，日暮愁我心。
山冈有余映，岩阿增重阴。
狐狸驰赴穴，飞鸟翔故林。
流波激清响，猴猿临岸吟。
迅风拂裳袂，白露沾衣襟。
独夜不能寐，摄衣起抚琴。
丝桐感人情，为我发悲音。
羁旅无终极，忧思壮难任。

|辑评|

［清］陈祚明《采菽堂古诗选》：“山冈数句，极写非我乡，丝桐二语，刻至。”

赏读

此诗作于王粲客居荆州之时，当时整个中原战乱频繁，百姓朝不虑夕，而刘表看重王粲才华却不予以重用，王粲有家无法归去，有志无法施展。

诗歌开篇便对自身的处境发出一声长长的叹息：荆州自古以来乃蛮荒之地，又并非我的故乡，我何必长时间在此地滞留呢？这是诗人的自我追问，其中却包含着多少对于家乡想回不能回的辛酸！日暮时分，他乘坐一叶窄窄的扁舟，沿着茫茫无际的大江溯源而上，诗人感受到的并非荆楚山河的壮丽风光，却是江河之大，人之渺小。云霞的余光映照在山冈之上，岩石上层层光影斑驳。此景虽美，诗人却并未流连、欣赏。其耳目所及，唯见狐狸跑得飞快，想要回到它的洞穴；飞鸟在天空中盘旋，想要飞回那一片树林。当山林中的动物都纷纷归穴，而诗人呢，身在远方，念及此情此景，不禁泪下涟涟。在这一片景象中，岸边的猿猴发出一声声吟叫，更增添了凄凉的气氛。夜似乎更深了，晚风迅疾，刮起诗人的衣袂，洁白的露水，沾湿了诗人的衣裳，让诗人感受到一丝凉意。然而诗人却毫无睡意，只好摆弄丝弦，没想到，他手下的琴声，也是如此悲凉，可谓借琴消愁愁更愁了。诗歌最后一联点题，正是因为诗人在外漂泊的日子没有尽头，诗人的一腔壮志无法实现，对家乡的思念便像一个重担，压在诗人肩上。全诗情景交融，值得一读。

陇头歌辞

汉·佚名

一

陇头流水，流离山下。
念吾一身，飘然旷野。

二

朝发欣城，暮宿陇头。
寒不能语，舌卷入喉。

三

陇头流水，鸣声呜咽。
遥望秦川，心肝断绝。

| 辑 评 |

[清] 沈德潜《古诗源》:“奇语。”

[清]陈祚明《采菽堂古诗选》:“‘念吾’二句，情真似《国风》！三解二语，尽行路之艰难。”

赏读

《陇头歌辞》曲名本出于汉魏时期的乐府民歌。陇山地势较高，地形百折千回，攀登不易，这些诗歌表达了身处陇山的诗人对关中大地的思念。

先看第一首诗，身处陇头的诗人，看到许多江河从山上发源，向东部地带斗折蛇行。诗人不禁念及自己的遭遇：江河尚且能蜿蜒而下，流经家乡所在，然而自己呢？环视四周，大地茫茫，唯吾一人也，正如旷野中的一片飞蓬。

第二首诗则记录了诗人的旅程：他早晨从欣城出发，一路风尘仆仆，半夜才抵达陇头。而此时的山顶，寒风瑟瑟，诗人刚想说话，却感觉似乎舌头都向内翻转，进入喉咙。这一句用夸张的手法，极力描述了陇头恶劣的自然环境。而我们知道，诗人想要诉说的是，旅途的劳累以及对家乡温暖的怀念。

最后一首诗歌同样关注陇头流水，此时山顶的气温极低，似乎一部分河水都冻住了。露宿在陇头的诗人，听着流水发出呜咽呜咽的声音，多么像在哭泣！诗人遥望秦川大地，不禁痛彻心扉，心肝都要断绝一般。

乐府诗之美，在于自然风致。这些诗歌正如何休《春秋公羊传解诂》中所言：“饥者歌其食，劳者歌其事”，均是出自旅人心灵深处最真挚的感受，他们用最自然的语言表达，使得千载之后的我们，心有戚戚焉。

拟明月何皎皎

晋·陆机（261—303）

安寝北堂上，明月入我牖。
照之有余晖，揽之不盈手。
凉风绕曲房，寒蝉鸣高柳。
踟蹰感节物，我行永已久。
游宦会无我，离思难常守。

| 辑 评 |

[明] 陆时雍《古诗境》：“‘照之有余晖，揽之不盈手’，老而洁，是长篇中短赋，末二语仿佛汉人。”

[清]宋征璧《抱真堂诗话》：“咏月，莫拙于‘方晖竟入户，圆影隙中来’，莫妙于‘照之有余晖，揽之不盈手’。”

赏读

拟古是在前人诗文风格形式的基型上融入自身情感体验。西晋诗坛尚拟古，陆机发嚆矢之功，其拟《古诗十九首》作《拟古诗十二首》，《拟明月何皎皎》即其中之一。

“安寝北堂上，明月入我牖”摹“明月何皎皎，照我罗床帏”。点卧榻地点，明月似乎是一顽劣之人，偏偏穿窗入户惊扰游子安眠。“照之有余晖，揽之不盈手”出原诗之右，轻揽月光的细节就将游子失眠又无计消遣，看月光盈室，便伸手抓捧的倦极无聊状态描绘出来。双手作合捧状，手内无光进入，较室内暗些，故曰“不盈手”。游子对宦游地的物候变化格外敏感，凉风过房、寒蝉鸣树的声音一缕一缕、一下一下地缠绕着、敲打着诗人的神经，离家的年头里又添一秋，功业未竟，难禁远游，正因未竟的功业，又不得不常守离思，这是一个看不到头的恶性循环。陆机出身名门望族，追逐事功勋业，可他入洛后，却轻举躁进、依附权贵，后因宦官诬告有不臣之心，被司马氏诛杀，终年四十三岁。这种作为名门之后重振门阀、追名立功的使命感和老大无成、有愧平生的焦虑感是其感喟“我行永已久”“游宦会无我”的血泪基础。

与原诗相比，陆机的拟诗将表达重点转移到景物描写上，是早期古典诗歌在情景交融上的一种尝试。

杂诗

晋·王赞（?—311）

朔风动秋草，边马有归心。
胡宁久分析，靡靡忽至今？
王事离我志，殊隔过商参。
昔往鸧鹒鸣，今来蟋蟀吟。
人情怀旧乡，客鸟思故林。
师涓久不奏，谁能宣我心？

|辑评|

[清] 陈祚明《采菽堂古诗选》："起二句，十九首风味，三百篇兴体也。慨然而起，甚佳。通首风度娟秀。"

[清] 王夫之《古诗评选》："通首净甚，一结尤净。如片云在空，疑行疑止。"

赏 读

此诗开篇甚妙。当北地的秋风吹动草丛簌簌作响，整个大地呈现一片枯黄之时，行走的马群便发出嗒嗒的声响，这就是它们的思乡之音。面对此情此景，诗人不禁暗思自己的境遇：边马尚有此心，而我呢，为什么与家乡、亲人长久分离？屈指一算，靡靡至今，该有多少年了。这一句自问，包含着诗人对自身所处的疑惑，他似乎想追寻自己在异地生活的缘由。那是因为国家战事纷乱，我与亲人分隔异地，就像天上遥遥相望的商星与参星。古人常用这两个星宿作比，例如杜甫“人生不相见，动如参与商”。

诗人回想起刚刚离开家乡时的情景，那是阳春三月的季节，鸧鹒（黄莺）飞过树梢，发出清脆的鸣叫声，整个大地复苏，一片活泼的气氛。而现在呢，只有蟋蟀在房内聒噪，提醒着诗人一年又快过去了。此二句借鸧鹒、蟋蟀表明时序更变以及诗人不同的心境，两个时间点形成鲜明对比。后文点出本篇的主旨，作者怀念乡梓，正如同鸟儿思念那一片树林，这一比喻，让全句情感越发深沉。然而，这一种绵绵思绪，当最擅长抒情的乐师师涓没有行之于乐，谁又能替我表达呢？思乡之情无法得到抒发，这无疑更让人悲伤。

此诗风骨遒劲，空灵绵邈，全诗由思乡总领，诗意似断似续，质朴自然，含蕴无穷。

晚登三山还望京邑

南朝齐·谢朓（464—499）

灞涘望长安，河阳视京县。
白日丽飞甍，参差皆可见。
余霞散成绮，澄江静如练。
喧鸟覆春洲，杂英满芳甸。
去矣方滞淫，怀哉罢欢宴。
佳期怅何许，泪下如流霰。
有情知故乡，谁能鬒不变？

|辑 评|

[清]方东树《昭昧詹言》：“‘去矣’以下，述怀归之情，虽仕大郡，而志切怀归，亦徒作雅言耳。以为不得志而然欤？高怀而然欤？厌浊世乱邦而欲去之欤？若仕承平盛世，则足以基谗祸也。”

[清]陈祚明《采菽堂古诗选》：“一起一结，情绪相应，法既密而志复显。”

赏读

这是一首怀乡之情的五言古诗，约写于齐明帝建武三年(496)春，谢朓任宣城太守时。

首二句借前人诗笔发端，叙怀恋京师建康之情。“灞涘望长安”化用王粲“南登霸陵岸，回首望长安”，“河阳视京县”出自潘岳“引领望京室”，诗人以自己莅宣城遥望故乡建康，比王粲在灞涘回望长安、潘岳在河阳远眺洛阳的景况。末六句，直述志切怀归之情。诗人怀念旧日友朋欢会的情景，却因归期杳杳而惆怅悲伤泪落如珠，再由己推人，世间远离故土怀有真挚乡情的人，谁能承受起久别的悲愁？谁能不徒添白发？一起一收，两叙乡情，前后呼应，结构紧凑。中间六句，是诗题“望”的内容。诗人极目远眺，望见京师宫第参差错落，雕梁画栋，金碧辉煌。斜日向晚，余霞如锦缎铺散，澄澈的江水静如白练，向远处蜿蜒伸延。归鸟的叫声铺满小洲，各色野花遍开郊野。色彩明丽，动静相宜，好一幅生机勃勃的春景图。然而，景虽明丽，诗人却是游离景色之外的，否则断然不会在归鸟争鸣、春花峥嵘的闹景中忆起故乡亲旧欢会的场景。诗沿叙情、写景、再抒情的脉络推进，景愈明丽，诗中眺望京邑的背影愈孤独，则情愈深沉。

渡河北

南北朝·王褒（513？—576）

秋风吹木叶，还似洞庭波。
常山临代郡，亭障绕黄河。
心悲异方乐，肠断陇头歌。
薄暮临征马，失道北山阿。

|辑 评|

[清]陈祚明《采菽堂古诗选》："举目山河，凄其失路。"

[清]王夫之《古诗评选》："发端清丽。"

赏读

王褒是琅琊王氏人，在梁朝曾任吏部尚书、左仆射，其文学、艺术素养很高。当梁元帝降西魏之后，王褒随同帝王进入北朝。此诗据学者推断，可能就作于王褒随同梁元帝前往西魏的路上。

首联从屈原《湘夫人》“嫋嫋兮秋风，洞庭波兮木叶下”化出：此时正值秋天，北风萧萧，吹动满树的叶子发出瑟瑟的声响。诗人所见，皆是凄凉之景。“还似洞庭波”，诗人见到黄河一带的景象，便想到了江南故国（洞庭），两者秋景多么相似。然而诗人心心念念的梁都，却可能回不去了。经过代郡之时，诗人不禁想起战国时期的赵国灭了代国，将此地变成代郡。而如今，梁朝又被西魏一攻而下，江陵沦陷，历史竟是如此相似。黄河边残留着一些战争防御所用的亭障，似乎时时刻刻提醒着战争的结果，诗人的国都已经灭亡。而此时传来一阵阵乐声，是梁鼓角横吹曲《陇头歌辞》，诗人不禁感到肝肠寸断。因为此曲“陇头流水，鸣声呜咽。遥望秦川，心肝断绝”。就是抒发对故土的怀念。日暮时分，薄雾渐渐升起，天地进入一片黑暗，诗人在北山之中徘徊，寻不到前行的路，也许寻不到的也是未来异地生活之路。

此诗以写景与叙事为主，然而景中有情、事中有情。亡国之恨、故国之思，让人神伤。

拟咏怀二十七首其三

南北朝·庾信（513—581）

俎豆非所习，帷幄复无谋。
不言班定远，应为万里侯。
燕客思辽水，秦人望陇头。
倡家遭强娉，质子值仍留。
自怜才智尽，空伤年鬓秋。

|辑评|

[清]陈祚明《采菽堂古诗选》："知为周臣，本非其志，倡家二句切。"

赏读

庾信少而聪慧，善于属文，与其父庾肩吾出入梁朝宫廷，深受帝王世族喜爱，所作亦多为宫体诗。后奉命出使西魏之时，梁朝灭亡，自此庾信滞留于西魏，并仕于西魏、北周、隋朝。他后期所作诗歌感情深沉、笔力遒健，杜甫曾言“庾信文章老更成，凌云健笔意纵横”。

《咏怀》诗题本出自阮籍，其组诗采取隐晦手法表达了在司马懿黑暗政权下内心的痛楚。庾信所拟作的《拟咏怀》组诗共有二十七首，抒发了其在北地对故国沦亡的悲痛，对乡土的思念，可谓借此题之酒杯浇自己之块垒。

诗歌开篇就表明自己身无长物，“俎豆”典故出自《论语》:“俎豆之事，则尝闻之矣。军旅之事，未尝习之矣”,所指即祭祀礼仪之事。“帷幄”则出自《后汉书》:“诏曰:前将军邓禹与朕谋谟帷幄，决胜千里”，表明邓禹军事才能的高超。然而这两项才能均被诗人自我否定。下文用的则是东汉班超的典故，班超曾出使、经营西域，后被封为定远侯，他青年时，一个看相的人说他将“封侯万里之外”。班超年老终究回到汉朝，诗人想到自己作为出使西魏的使者将永远滞留

异地，不禁泪涔涔矣。“燕客思辽水”是荆轲的故事，当年燕太子丹在易水旁设宴为荆轲饯行，高渐离击筑，高唱着：“风萧萧兮易水寒，壮士一去兮不复还”，正是荆轲刺秦之后的遭遇，他再也无法回到故乡。下文又用了两个喻体自比，诗人因梁国灭亡而被迫滞留于西魏、北周，这与本不欲嫁的倡家被他人强行娉娶、本欲归国的质子强行被留在异国有什么区别！这之中有失节之痛，有对故国悔恨之痛，更有对现状无可奈何之痛，全诗情感达到极点的莫过于此句。随着岁月的逐渐流逝，诗人的头发逐渐发白，才智越发衰退厉害，对故国思念越发深切，然而故国于他而言，却是遥远的梦。

此诗最大特征在于借用典故如“俎豆”“帷幄”“燕客”，有自比，有反衬，曲折表达心中的悲愤之情。

拟咏怀二十七首其七

南北朝·庾信（513—581）

榆关断音信，汉使绝经过。
胡笳落泪曲，羌笛断肠歌。
纤腰减束素，别泪损横波。
恨心终不歇，红颜无复多。
枯木期填海，青山望断河。

赏读

本篇选自《拟咏怀》组诗，抒发诗人的乡关之思。开篇点明诗人当下的处境：梁国已经覆国，再也不会有梁国的使者前来西魏。滞留异地的诗人，再也无法与故土、亲人有任何联络。身处西魏，唯有胡笳、羌笛发出的呜呜咽咽的乐声，这种陌生的乐曲，让人不忍卒听。由于终日的悲伤，诗人原本纤细的腰身越发消瘦，腰上的带子越来越松。由于终日以泪洗面，当诗人凝视自己镜中的容颜，却发现自己的眼睛已然失去了光彩。美好的年华渐渐逝去，即使这样，诗人的遗恨之心永远不会消失，这其中包含着他对仕于异朝的悔恨，对梁国沦陷的痛楚，对再也无法返回故乡的遗憾……种种心情，百感交集，锥心之痛，谁复知之？返乡无法，诗人唯有眺望以慰相思。当诗人站在高处远眺梁国的青山时，黄河如此宽广，诗人所见，唯有茫茫一片河水。此时他不禁想起精卫，它小小的身躯，用嘴叼着一块块木石，想要填平广袤无边的东海。诗人也想化身为精卫，这样，没有黄河的隔断，他就能看到梁国的山山水水。

庾信在北朝所作的诗歌常得后人称誉，被认为集北方的风骨与南方的辞藻于一体。此诗借用女性“纤腰”“横波”“红颜”自比，有华丽柔媚一面，然情感极为沉郁，使得全诗脱离了早期宫体诗的脂粉气。

人日思归

隋·薛道衡（540—609）

入春才七日，离家已二年。
人归落雁后，思发在花前。

|辑 评|

[唐] 刘餗《隋唐嘉话》："薛道衡聘陈，为人日诗云：'入春才七日，离家已二年'。南人嗤之曰：'是底言谁谓此虏解作诗！'及云'人归落雁后，思发在花前。'乃喜曰：'名下固无虚事。'"

赏读

薛道衡，先仕北齐、北周，后入隋。隋文帝开皇四年(584)，薛道衡奉命出使江南陈国。这首诗即作于开皇五年（585）正月初七，抒节日思乡之情。

入题擒意，不赘闲言，道人日思乡之情。人日，指正月初七。正月初一至初七分别为：鸡日、狗日、羊日、猪日、牛日、马日、人日。人日这天，有喝七宝羹、剪彩纸为人形戴于头上、登高饮酒等习俗。以时间对句发端，点诗题、点现状：新年才过七天，离家使陈已经两年。开皇四年十一月，诗人南使陈国，至次年正月，实不足两月，可放置在岁末年初，正合“二年”之说，可见匠心之巧。日与日，年与年，原无短长之较，因人的心理感受生出“才”“已”之虚词来。出使江南的两个月硬生生过成了两年，哀怨之意、思乡之情已在弦外。末两句为置换语序的写法，实是说：思归念头的生发，在花开之前，回家之行，却要落在大雁北归后。大雁一般秋冬回南，春季徙北，春季后尚有夏、秋、冬三季，“人归落雁后”，是泛指，实是不知归期在何时。“思发在花前”，也不是说思归的念头由花开逗起，花开之前，甚至可以推溯至奉命使南时，还未离开，已开始念归。末二句若一味如前二句浅白平直收结，则落于虚空，“花”“雁”二意象，让思乡之情有处着落，又擒题意。诗篇玲珑，诗意深婉。

在京思故园见乡人问

唐·王绩（589？—644）

旅泊多年岁，老去不知回。
忽逢门前客，道发故乡来。
敛眉俱握手，破涕共衔杯。
殷勤访朋旧，屈曲问童孩。
衰宗多弟侄，若个赏池台。
旧园今在否，新树也应栽。
柳行枢密布，茅斋宽窄裁。
经移何处竹，别种几株梅。
渠当无绝水，石计总生苔。
院果谁先熟，林花那后开。
羁心只欲问，为报不须猜。
行当驱下泽，去剪故园莱。

|辑评|

［明］钟惺、谭元春《唐诗归》："谭云：'只似家书。'又云：'词句问得不同（渠当句下）。'钟云：'此句可住（为报句下）。'"

赏读

唐高祖武德年间，王绩待诏门下省。唐太宗贞观初，以足疾罢归。贞观中，太乐府史焦革以酿酒擅名，绩苦求终为太乐丞。焦革及其妻袁氏死后，绩大叹上天不让他饱尝美酒，遂挂冠归田，直至逝世。诗或作于贞观年间宦游京城时。《全唐诗》录朱仲晦《答王无功问故园》，对王绩诗中的每一问都做了回答。一说朱仲晦是王绩乡人，一说朱仲晦即朱熹，答诗为其戏作，被误收入《全唐诗》。

开篇塑造了一个经年羁旅，因京城的烟柳繁华、美酒盛友而老大不回的游子形象。这个乐不思蜀的浪荡子在偶遇乡人的刺激下很快卸了下伪装。可能在某个又要去找焦革讨酒喝的傍晚，诗人开门看见了乡人，长久压抑的乡思找到了豁口，湍急地奔涌出来。“敛眉”即皱眉，这是泪水涌上眼眶，却努力压制不让其流淌下来的微小动作。诗人把乡人邀入家中，炒菜备酒，共话阔别多年的景况时，再没能忍住泪水，一连串的问题喷薄而出：朋旧可好？孩子安否？家里可再添丁？宗族子弟可常赏池苑楼台、赋诗唱和？旧日庭院可还在？树苗栽了吗？柳行疏密相当吗？房子建造的宽窄合适吗？移栽的哪里的竹子？又种了几株梅树？

沟渠应该有没有断绝水流吧？石头上还老长青苔吗？院子里的果子哪个先熟？林中的哪种花开的晚？一气生出十四问，从人问到物，从春问到秋，从院里问到院外，从离家时问到现在，也不知打了多少遍腹稿，可能还想问家禽、牲畜，突然意识到问题太多，故对乡人说：我宦游多年，思乡心切，急欲知晓家乡景况，请将所知尽数告知，不要顾虑迟疑。诗人并不是只想知答案以求安心，而继续流连于京城的阜盛繁华，他要的是驱车归故园、荷锄理荒秽。

全诗起叙现状，结写愿望，中间连续发问，章法谨严，遣词造句通俗浅白，酷似家书，诗味虽薄，情味至厚。

和晋陵陆丞早春游望

唐·杜审言（646？—708？）

独有宦游人，偏惊物候新。
云霞出海曙，梅柳渡江春。
淑气催黄鸟，晴光转绿苹。
忽闻歌古调，归思欲沾巾。

|辑 评|

［元］方回《瀛奎律髓》：“律诗初变，大率中四句言景，尾句乃以情缴之。起句为题目。审言于少陵为祖，至是始千变万化云。起句喝咄响亮。”

［明］胡应麟《诗薮》：“初唐五言律，杜审言《早春游望》《秋宴临津》《登襄阳城》，……皆气象冠裳，句格鸿丽。初学必从此入门，庶不落小家窠臼。”

［明］杨慎《升庵诗话》：“妙在‘独有’‘忽闻’四虚字。”

赏读

这是一首抒发宦游感慨和归思之情的五律，大约作于武则天长寿二年(693)杜审言任职江阴时。这是一首和诗，原唱为陆丞作《早春游望》，即尾联所称“古调”。陆丞，时任晋陵县丞，为杜审言同郡僚友。

首联点明陆丞和自己“宦游人”的身份，意起笔起，起得怅惘。远离家乡、在外为官的人对外界景物随季节推移而发生的变化都格外敏感，一个“惊”字，领起颔、颈两联。“惊”的是什么？是破晓时分云霞绚烂倒映江中，似与旭日同从江中升起的景象；是梅、柳已传春信的画面；是温煦的春气催黄鸟早啼的现象；是苹草在日光下日渐转绿的景况。为什么会“惊”？诗人熟悉的故乡物候是“东风解冻，蛰虫始振，鱼上冰”，而常州早春已是中原暮春光景，两相对比，愈念故乡旧景，更惊宦游地景新。

颔联、颈联对偶写景，“云霞”对“梅柳”，一是仰视所得，一是平视所见，视角的空间转换，囊括甚广。“黄鸟”对“绿苹”，一是树上音，一是水中景，听觉、视觉转换之间，黄鸟啼叫、苹草颜色的微妙变化已经完成，笔触极细。正因思乡情切，一经陆诗触发，情不能已而伤感落泪，自然转入尾联，“古调”赞美陆诗格调近于古人，回应诗题和意，“归思”应“宦游”，点情，意止笔止，止得哀切。

山中

唐·王勃（650？—676？）

长江悲已滞，万里念将归。
况属高风晚，山山黄叶飞。

|辑评|

[明] 郭濬《增定评注唐诗正声》:“顾云:‘况属’字有情。”
[清] 黄叔灿《唐诗笺注》:“上二句悲路远，下二句伤时远，分两层写，更觉萦纡。”
[清] 王士禛《唐人万首绝句选评》:“寄兴高远，情景俱足。”

赏读

唐高宗总章二年(669)五月,王勃自长安南下入蜀。咸亨三年(672),王勃已由蜀地还长安。这首五绝当作于入蜀后、归京前,写客居思归之情。

入句点情,情中有景,一“悲”字奠定诗歌感情基调。诗人将己身的一腔悲怆投注到长江中去,长江因载不动这些愁而滞流。虽是文人惯用的夸张手法,然其悲情着实不浅。十四岁,王勃声名外播。十五岁,上书右相刘祥道,直陈政见,得宰相赏赞。十七岁,应幽素科及第,拜朝散郎。沛王李贤重其才,召为王府修撰。时诸王斗鸡,互有胜负,王勃因戏作“檄鸡文”被高宗斥出沛王府,遂远蜀地,时年二十。未及冠即拜官,因一篇玩耍助兴的檄文而夺官,前后落差引致的悲伤,能滞留江水,于情堪解。长江能滞留的是身体,滞留不住的是思归的念想,身在此,意念彼。前两句悲路远,后两句写景,景里含情:秋季萧瑟的晚风吹过,万山黄叶飘飞零落。“黄叶”和“晚”点明时间,“况属”表程度,长久羁系蜀地,已积郁甚悲,更何况在晚风吹彻、黄叶翻飞的时节,指向秋景使人更悲,思归之心更切。末句以二“山”叠加呈现,更具体可感,视野范围内的每一座山都照顾到了,更凸显置身重山中的诗人四顾茫然之感。

入句有情,落句是景,虚字处亦生情,情景俱足。用词省净,意象简练,小而精悍。

蜀中九日

唐·王勃（650？—676？）

九月九日望乡台，他席他乡送客杯。
人情已厌南中苦，鸿雁那从北地来。

|辑评|

[明] 唐汝询《唐诗解》：“唐人绝句类于无情处生情，此联（三、四句）是其鼻祖。”

[明] 周敬、周珽《唐诗选脉会通评林》：“周敬曰：‘写登高旅况，情中想情，境中构境，不求刻画，自觉深微，当与杜审言《渡湘江》并美。彼以南窜，欲返无期，觉北流之可羡；此以南留，日久怀旧，惊北飞之搅思。’”

赏 读

这首七绝写于唐高宗总章二年(669)到咸亨二年(671)间的重阳节，时王勃流寓蜀地。邵大震《九日登玄武山旅眺》诗云：“九月九日望遥空，秋水秋天生夕风。寒雁一向南飞远，游人几度菊花丛。”卢照邻和云：“九月九日眺山川，归心归望积风烟。他乡共酌金花酒，万里同悲鸿雁天。”王勃或与之登玄武山，同席饯客，和意不和韵，作《蜀中九日》。

起句不出重九登高怀亲之意。望乡台，是客子登临送目、眺望故乡的高台，此当指玄武山。第二句述客中送客，“他席”，是为他人饯行而设的宴席，“他乡”，乃“我”不愿羁系又不得不滞留之地，二“他”并举，已将己身置于重阳节齐家登高祈福的氛围之外，已将自己摆放在与所寓之地、所送之人对立的“客者”之位，一片乡情，从二字托出。首二句，似对非对，字面对而意义不对，自有一番风致。末二句，将“人情”和“鸿雁”对举，于无情处生情：游子已厌倦羁旅蜀地之愁苦，鸿雁为何还要从北方飞来。“南中”应诗题“蜀中”，鸿雁南飞恰是九月景象，回应诗题之时间。王勃，绛州龙门(今山西河津)人，龙门在四川的东北，故“北地”是其故乡的泛化。羁留蜀地，杳无返期，人意欲北归，而鸿雁偏偏应时南回，以有情的“客心”诘问无情的鸿雁，更显深情。

整诗有意雕琢，似对非对，巧不伤雅。

深湾夜宿

唐·王勃（650？—676？）

津涂临巨壑，村宇架危岑。
堰绝滩声隐，峰交树影深。
江童暮理楫，山女夜调砧。
此时故乡远，宁知游子心。

赏读

这首五律约作于游迹南方时的秋夜，写游子思乡之情。

起句述旅宿境况，着墨艰险。渡口至宿处的路紧贴深壑，点明此行走水路，是“堰”“滩”“楫”等意象的生发点。“涂”逗出“村宇”，路的尽头是旅宿的房屋，顺势迎上，房屋架构处必比路途铺就处更险要，危即高意，岑是小而高的山。村舍架构在陡且高的山上，便有摇摇欲坠的感觉。颔联深得秋夜山水之趣。“绝”和“隐”从听觉角度状远景，“交”和“深”从视觉角度写近景。江堰在夜幕中隐退，水激滩石的声音朦胧绰约，不甚明了。四周山峰交错，树影尤显得幽邃。不着一“月”字，却是月下景。月将重叠的山峰的影子投射下来，暗了一层，再将交枝蔽空的树木的影子投下来，又暗一层，以“深”状树影，切当。颈联笔势转向人：江上的渔童趁夜色行船，山村妇女正在砧石上捣捶衣裳。“理楫”为行舟意，惠洪《乾上人会余长沙》有曰：“千岩佳处可同游，明日波晴当理楫。”“调砧”为“捣衣”的一道工序，意为转动砧石上的衣裳。一“楫”一“砧”径直逼出尾联：此时故乡山迢水远，千里万里之外的亲人，可知我思乡念亲的心？

依山带江，动静相协。以问收结，尤显孤独。

题大庾岭北驿

唐 · 宋之问（656？—712？）

阳月南飞雁，传闻至此回。
我行殊未已，何日复归来。
江静潮初落，林昏瘴不开。
明朝望乡处，应见陇头梅。

辑 评

［明］邢昉《唐风定》：“凄咽欲绝。”

［清］姚鼐《五七言今体诗钞》：“沉亮凄婉。”

［清］蘅塘退士《唐诗三百首》：“四句一气旋折，神味无穷（首四句下）。”

赏读

唐中宗神龙元年(705)，宋之问被贬泷州(今广东罗定市)参军，《题大庾岭北驿》即作于赴贬所途经大庾岭(在今江西、广东交界处)时。

诗人以翔雁不到五岭以外的传闻开篇，大庾岭有十月群雁归至五岭便不再南飞的传说。大雁是候鸟，冬寒回南，春暖归北，其迁徙具有周期性和可预见性，而降谪的人呢，不知归期，失意迷茫。“阳月”即农历十月，古人认为十月昼短夜长阴气极盛，疑无阳气，故称“阳月”。颔联很自然地由雁转及向自身的凄怆发问：由京城至大庾岭，贬谪之途还未结束，还要过多少个跋山涉川、蒙霜犯露的日子？何时才能幸获赦诏、度岭北归啊？此二问，将诗人对中原的眷恋、对故乡的思念、人生由高峰跌落低谷的凄迷苦痛表露无遗，读来泪涔，嚼来甚苦。颈联写景，而“江”“潮”“林”“瘴”等物象后，都有一观望者落寞的背影。诗人环望四野：潮退后江面平静如镜，傍晚林间瘴气弥漫，昏暗不清。“江静”句反衬人心难宁，“林昏”句正叙前路迷茫。尾联是想象之情景：明早南行度岭，爬上岭头时再望一望故乡，应该可以看见岭上的梅花吧，到时折一枝寄给亲人，以表深情。宕开一笔，以虚拟之景结情，蕴意不尽，凄咽幽恻。

渡汉江

唐·宋之问（656？—712？）

岭外音书断，经冬复历春。
近乡情更怯，不敢问来人。

|辑 评|

[明] 钟惺、谭元春《唐诗归》：“实历苦境，皆以反说，意又深一层。”

[清] 王士禛《唐人万首绝句选评》：“贬客归家心事，写得逼真的绝。”

[清] 施补华《岘佣说诗》：“五言中能言情，与嘉州‘马上相逢无纸笔’同妙。”

赏读

宋之问曾阿附张易之、张邦昌兄弟，唐中宗神龙元年(705)，二张被诛杀，宋之问远谪泷州(今广东罗定市)。神龙二年(706)春，逃归洛阳匿居。《渡汉江》即作于北归途次襄阳段汉江时。

起二句追叙岭外贬所的流亡生活：诗人于人生得意时被贬蛮荒，期间难耐苦境煎熬，趁机逃归中原，于法不容，于情可解。一“断”字诉空间阻隔，五岭不仅阻挡游子归家的路，还阻断其与中原的联系，虽只一字，含情万千，读来如尝苦胆。一“复”字，诉时间久长，一冬一春，政治上的失意、生活上的艰辛、对亲人的惦念化成稻草，压在本已不堪重负的骆驼身上，诗人度日如年，一冬一春过去，已不知过去多少年矣，再难承受。

末两句写现状：越近家乡，越胆怯，不敢向故乡来人打听家人近况。此二句隐含游子由“近乡情切”到“近乡情怯”的微妙心理变化，经冬历春都没有中原的讯息，看到故园来人必一股脑儿地将关切之问抛出来：父母妻儿都还好吗？自己政治上的遭遇是否株连到他们？朝廷局势如何？又怕自己的担心、忧虑被证实，怕面对“羹饭一时熟，不知贻阿谁”的残酷现实，还不如不去问，没有消息总强过噩耗。“怯”既含“情切”之意思，又有想问不敢问的矛盾心理，语简情深。

短短二十字，无斧凿之巧，以至简语，述至深情。

宿建德江

唐·孟浩然（689—740）

移舟泊烟渚，日暮客愁新。
野旷天低树，江清月近人。

|辑 评|

[明] 桂天祥《批点唐诗正声》：“语少意远，清思痛入骨髓。”

[明] 唐汝询《唐诗解》：“客愁因景而生，故下联不复言情，而旅思自见。”

[清] 张谦宜《茧斋诗谈》：“‘低’字、‘近’字，宋人所谓诗眼，却无造作痕，此唐诗之妙也。”

赏读

唐玄宗开元十七年(729)秋，孟浩然由洛阳自汴水漫游吴越。开元二十年(732)，北归襄阳。这首五绝或写于开元十七年游建德江时，抒客旅思归之情。

全诗绘制了一幅着墨甚淡的“暮江月色图”。天色向晚，将行舟停泊在烟雾迷蒙的小洲边。一切景语皆情语，朦胧迷蒙的不仅是江中的小洲，还有诗人的心境。有用世之抱负，无入仕之舟楫。诗人自感前景迷茫，正如江中烟雾缭绕的小洲，难见出路。“野旷天低树”泼墨处放眼望去，旷野无际，天幕无边，树木尤显低垂的光景来。“旷”字逗出“低”，是视域广阔造成的视觉效果，天然自得，不见雕琢造作之痕，若羚羊挂角，无迹可求。“野”后着一“旷”，营造出廖阔无人的孤寂氛围，江宽野旷，唯诗人一人矣，何其孤孑！“江清月近人”是整篇诗作中最有温度的画面：江水清澈，投影江中的月亮显得亲近可爱。“清”字逗出“近”，是江水澄清少杂质造就的心理感受，似乎给清冷色调的画面增添了几分暖意。一、三、四句共同指向“客愁”。客愁既有新，便有旧。旧愁括有仕途失意、前路迷茫、羁旅孤寂。“新”是洋溢生命力的词，用以状“愁”。新愁已生，旧愁又翻新，眼泪迸发，滴透绢帛矣。

全诗笔淡调轻，字清意远。情在景中说，情在辞外显，恻然动人。

早寒江上有怀

唐·孟浩然（689—740）

木落雁南渡，北风江上寒。
我家襄水上，遥隔楚云端。
乡泪客中尽，孤帆天际看。
迷津欲有问，平海夕漫漫。

|辑 评|

[清] 王士禛《唐贤三昧集笺注》:“客怀凄然，何等起手！”

[清] 范大士《历代诗发》:“回翔容与，绝代风规。”

[清] 胡本渊《唐诗近体》:“‘早寒’起，‘有怀’接，一气相承。”

赏读

这首五律或写于诗人漫游吴越时，抒无入世之径的郁闷，发思念故乡之情。

起句紧承诗题“早寒”：树叶凋落，翔雁南飞；北风吹彻，江上显得分外寒冷。叶落、雁回，是诗人所见，北风、寒冷是诗人所感，从视觉和听觉的角度铺陈“早寒”的物态变迁。“江上”点明此刻所在，并由此念及家乡所在，二、三句承转自然。孟浩然，家居襄阳（今湖北襄阳），因在襄水之阳，故以为名。紧承思乡而来的举动是“望乡”，极目迥望，层云遮蔽望眼，望而不见，泪流至干涸，层进层深，渐入渐苦，一“尽”字将客居之久、思乡之切展露无遗。颈联上句述“我”思家，下句宕开一笔，神驰千里，写家人念“我”。诗人遥想，家人正举目远眺，盼着诗人的一叶扁舟溯流而上。以人映己，婉转凄切，更悱恻动人。在“天际”这样水天空阔的背景中，置一“孤帆”，极致对比。结句来得自然：江海无际，烟波漫漫，是无处可问出路的。诗人幼年苦学，秉承儒教，又慕隐逸高风，与友人张子容同隐鹿门山。中年应举落第，且无得力的引荐，遂漫游吴越。长年积郁的用世无门的愤懑便洇透纸张，漫散开来。用“迷”“平”“漫”作结，愁情便不能收结，极写愁绪之多。一气直下，转承自然。

次北固山下

唐·王湾（693？—751？）

客路青山外，行舟绿水前。
潮平两岸阔，风正一帆悬。
海日生残夜，江春入旧年。
乡书何处达，归雁洛阳边。

|辑 评|

［清］查慎行《初白庵诗评》："大历以后无此等气格矣。"

［清］沈德潜《唐诗别裁》："江中日早，客冬立春，本寻常意，一经锤炼，便成奇绝。"

［清］黄叔灿《唐诗笺注》："'潮平'一联写得宏阔，非复寻常笔墨。"

|赏读|

王湾，洛阳人。这首诗或作于诗人出游旅次京口北固山下时，诉岁暮为客之愁，抒残腊思亲之情。京口，即江苏镇江，北固山在镇江市长江南岸。

首联以对偶发端，一片水秀山明的早行光景在诗人眼帘下铺展开来：江潮满涨，与岸齐平；风势和顺，云帆高悬。“阔”字是涨潮后的视觉效果，宽绰恢宏。“悬”是风鼓船帆的结果。一“平”一“正”，恰是行船的大好条件，刚好因利趁便，扬帆发轫。颔联对偶写景，写得精神抖擞、风采奕奕。颈联对偶点明行旅时间：残夜将去，旭日初生；残冬将尽，新春萌通。五、六句中，诗人置“海日”“江春”于句首，正言反挑，一种新事物挣脱束缚破茧而出的喷薄生机感充盈其间。“生”后紧跟“残”字，有摧枯拉朽之势，“入”后紧贴“旧”字，极具侵略扩张性，呈现向上的张力。末二句是痴绝语：雁儿啊，烦请飞过洛阳的时候，稍作停歇，为我的家人捎去我的问候吧。适值冬末，应无北飞雁勾起乡思，所以“雁”这一意象，绝非诗人亲见，既非亲见，乡思何来？日升春来，虽生意无限，更昭显星移斗转、日月交梭不可违的时序规律。季节交替时，远行游子最易生发思家的情绪。岁暮残腊，最是归乡与亲旧团聚、置办年货时，而诗人此时仍羁旅为客，还怎能抑制思乡之情？通篇八句，三联偶对，诗笔工丽，语言精警。字淡情深，韵致高绝。

听流人水调子

唐·王昌龄（698？—756？）

孤舟微月对枫林，分付鸣筝与客心。
岭色千重万重雨，断弦收与泪痕深。

|辑 评|

［明］陆时雍《唐诗镜》：“后二语倒装，故格高句老。‘分付’字、‘与’字、‘收’字俱妙。”

［明］钟惺、谭元春《唐诗归》：“谭云：光景静妙。钟云：‘分付’字、‘与’字说出鸣筝之情，却解不出。”

赏读

唐玄宗天宝中，王昌龄外迁为龙标（今河南黔阳）尉，这首七绝约写于王昌龄徙赴贬所途中。流人，指漂泊沉沦江湖的艺人。水调子，为乐府曲名，声调哀切。

入句即景传情，舟是孤零零的一艘，月是微明如钩的半轮，枫林是经风刀霜剑催逼过的一片。在这一轮轮单调的循环对视中，唤出“愁”来，逗出孤迥的“客心”和弹筝的乐人，借筝乐遣发客怀。分付，犹吩咐、安排。与，犹相与、应和，意为乐人所弹之曲，当与诗人的处境心情贴合。所以“分付”是一个具有开放性主语的动作词，可以是诗人嘱托乐人，可以是乐人弹拨筝弦。次句“客心”点醒诗意。第三句似别开一番笔墨，写秋雨泼洒，实是乐至高潮后，音乐形象的示现。诗人将其对筝乐的抽象感觉和客心愁绪，转化为具体的物象。情愈来愈悲，调越来越高，正激酣处，筝弦断了。筝声断而千万重雨止，转而收付于泪，千万重的泪流落，会削入腮颊三分，客心之悲不可称量矣。“断弦收”，交付的愁又全部回馈到“客心”，甚悲。乐人流落漂泊的伤，裹挟着迁客官场失意的痛和居远思乡的痛，往复回击，怎使弦断？

杂诗三首 其二

唐·王维（701—761）

君自故乡来，应知故乡事。
来日绮窗前，寒梅著花未？

|辑 评|

[清]黄叔灿《唐诗笺注》:“与前首（《杂诗》其一）俱口头语，写来真挚缠绵，不可思议。着‘绮窗前’三字，含情无限。”

[清]王士禛《唐人万首绝句选评》:“问得淡绝、妙绝。……以微物悬念，传出件件关心，思家之切。”

赏读

本诗是羁旅游子遇故乡人询问故乡事的一个特写。

抒情主人公向同乡发问："你是从故乡来的，应该知晓咱们那里的事情，你启程来这儿的时候，我窗前的那株寒梅开花了吗？"诗人未问诸如父母是否康健、妻儿是否安好、友朋是否如旧此类同乡可能明了的事情，反而问候窗前的寒梅是否开花这样别人不会注意的微末小事，似乎有悖常理。然而，王维深谙"留白"的表现手法带来的方寸之地显天地之宽的审美效果，摄取一个紧要的意象，使其撑起全篇。揆情度理，当抒情主人公关于父母妻儿、春种秋收等问题都得到解答后，才会以类似玩笑的口吻问候寒梅。可若是连梅花都问到了，还有什么情况关切不到呢？一枝寒梅将乡思之情落到实处，又勾连出许多没明说的姿态来：是谁悉心在照管梅花？是谁在梅树下嬉戏闹打？是谁在映着梅影的西窗下独剪灯烛？以无胜有，形神俱备。诗人以关切寒梅而不问父母的"无情"举措给人造成心理上的错位感、新鲜感，妙绝。

通篇询问，一言一语，都是口角边的话，顺流放舟，一气呵成，不磨自工。

九月九日忆山东兄弟

唐·王维（701—761）

独在异乡为异客，每逢佳节倍思亲。
遥知兄弟登高处，遍插茱萸少一人。

| 辑 评 |

［明］高棅《唐诗正声》：“吴逸一曰：‘口角边说话，故能真得妙绝，若落冥搜，便不能如此自然。’”

［明］李攀龙《唐诗直解》：“情不深苦，情自蔼然。叙得真率，不用雕琢。”

［清］张谦宜《茧斋诗谈》：“不说我想他，却说他想我，加一倍凄凉。”

赏读

唐玄宗开元五年(717),王维十七岁,孤居长安(今陕西西安)。重阳节,想及家人佩茱萸登高,辟邪求吉,遂作此诗。

相传,汝南的桓景随费长房游学,长房说:“九月九日,你家中有灾。速回家,让家人各作绛囊盛放茱萸,系在手臂上,登高饮菊花酒,灾祸可除。”景依言,齐家登山。傍晚回家,见鸡犬牛羊皆暴死。长房闻之说:“家禽牲畜之死可代人灾。”后世齐家佩茱萸登高,可能缘及于此。王维重阳忆亲便在于合家登高独少自己一人。全诗无闲言赘语,劈空即点负笈他乡的生存状态,“异”字重复出现,强化“孤独”的处境。平常日子思家的念头犹可抑止,到重阳这个“齐家”佩插茱萸、登高、饮酒、赏菊的集体狂欢的节日里,思亲的情绪就如洪峰决堤,泛滥成灾。“每”字表示诗人不止一次独个儿过重九,堪怜。前二句写诗人忆山东兄弟,若继续以此角度述情思,未免有重复啰唆之嫌,难出新意。故后二句悄然转换视角,避实击虚,写山东兄弟忆诗人:兄弟登高后,分佩茱萸时,却多出一株来,恍然发现诗人不在其列。末句“少一人”正应首句之“独”,这种“后知后觉”的迟钝、错位的处理,更显诗人处境的凄凉。

少时笔意,未阅世态炎凉,故不深苦。全为口语,不事雕琢,情自真率。

静夜思

唐·李白（701—762）

床前看月光，疑是地上霜。
举头望明月，低头思故乡。

|辑 评|

［明］钟惺、谭元春《唐诗归》：“钟云：忽然妙境，目中口中，凑泊不得，所谓不用意得之者。”

［清］沈德潜《唐诗别裁》：“旅中情思，虽说叫却不说尽。”

［清］黄叔灿《唐诗笺注》：“即景即情，忽离忽合，极质直却自情至。”

赏读

这是一首深烙“思乡”之印的小诗。

追溯中国早期诗歌，夜不能寐、揽衣徘徊而孤独望月是惯常的话题，如“明月何皎皎，照我罗床帏。忧愁不能寐，揽衣起徘徊”；“夜中不能寐，起坐弹鸣琴。薄帷鉴明月，清风吹我襟”等，诗人皆因某种不尽人意的遭遇而忧思难寐。到了李白这里，用床、月、霜、头等揽手可触、举目便望的物象，缀以明白如话的叙述口气，就将一个夜不成眠、疑月是霜、俯仰孤独的形象镶嵌在千百年来不寐者的心坎里，敲打着世人忧愁里的无眠。与“夜月似秋霜”的侧重点不同，“疑是地上霜”虽是一个羁旅者睡眼蒙眬中的视像错觉，却传达出秋霜近肤时冷峭的触觉感受，更送递出孤寂凄清的心理寒意。倏一抬头，望见明月当空，才知地上铺就的是清光，想再确认一下地上被错看成秋霜的月光，就在低头的瞬间，诗人想到了故乡。这一视觉行为的空间转换，简单自然，俯仰之间时间虽短，囊括的空间却广：一个是只能安顿疲惫身体的旅店，一个是可以熨帖精神灵魂的故乡，两相对举，处境堪怜，深情自现。诗人生活的一个小片段，在千年文化中砸开一个大豁口，渗进无数人离乡寄居的纷纭阅历和望月思乡的深刻感受。

春夜洛城闻笛

唐·李白（701—762）

谁家玉笛暗飞声，散入春风满洛城。
此夜曲中闻折柳，何人不起故园情。

|辑 评|

［明］胡应麟《诗薮》："太白七言绝，如'杨花落尽子规啼''朝辞白帝彩云间''谁家玉笛暗飞声''天门中断楚江开'等作，读之真有挥斥八极、凌属九霄意。贺监谓为谪仙，良不虚也。"

［清］黄生、朱之荆《增订唐诗摘钞》："'满'从'散'来，'散'从'飞'来，用字细甚。妙在'何人不起'四字，写得万方同感，百倍自伤。"

［清］黄叔灿《唐诗笺注》："'散入'"二字妙，领得下二句起。通首总言笛声之动人。'何人不起故园情'，含着自己在内。

赏读

这首诗作于诗人客居洛阳时的春夜。孤身客居异地的游子，于某一个春夜，听到《折杨柳》曲，最易燃起的怕就是思乡之情了吧。

前二句紧扣“闻”字铺散开来。“暗”点具体时间，试想，白天的洛阳城人多声嘈，大概只能听到近处笛声，寻声当可见吹笛者。只有在夜深人静、灯火阑珊的夜晚，才会不知吹笛人是谁、在何方。“春风”再叙季节，“洛城”又述地点。寂寥春夜，诗人决然独处，听到笛声却寻源不得。“暗”字写出吹笛人自吹自听并不想人知晓的心态，“飞”字彰显笛声的袅袅飘逸，不粘连，不滞重。微醺的春风将笛声送至洛阳城无数双未眠的耳朵里，用夸张的修辞，却不过分，一因笛声高妙，二因“谪仙人”恣意汗漫的艺术想象力。

后二句因笛起兴。古时，亲友离别，送行者会折一枝柳送给远行者，柳生命力强，随处可活，又谐“留”音，寓随遇而安、惜别怀远意。“何人不起故园情”，用反问推己及人，万方同感，万人同悲，则伤情百倍。吹笛人大概同样是一个寄居洛阳的旅人，吹笛时思乡之情不能抑制，转而对月吹奏《折柳》。笛声落入一个同样处境、长于写诗的诗人耳中，思乡之情则倍增。接着，一个用“笛声”、一个用“诗笔”，让整个洛阳城的客居之人同起故园之思，何其无情，又何其深情；何其壮观，又何其悲凄。

黄鹤楼

唐·崔颢（704—754）

昔人已乘白云去，此地空余黄鹤楼。
黄鹤一去不复返，白云千载空悠悠。
晴川历历汉阳树，芳草萋萋鹦鹉洲。
日暮乡关何处是，烟波江上使人愁。

| 辑 评 |

[宋] 严羽《沧浪诗话》:“唐人七言律诗，当以崔颢《黄鹤楼》为第一。”

[元] 方回《瀛奎律髓》:“此诗前四句不拘对偶，气势雄大。李白读之，不敢再题此楼，乃去而赋《登金陵凤凰台》也。”

[清] 沈德潜《唐诗别裁》:“意得象先，神行语外，纵笔写去，遂擅千古之奇。”

赏读

这是一首被称作“唐人七律第一”的作品，亦是一首让李白敛手搁笔的作品。

乍看去，诗人似将黄鹤楼传说、临楼凭眺的江景和一己乡愁拼凑一气而少关联。细看来，实是诗人营构的三条脉络线索：一是时间线索，写时间流逝不可感，诉时间的无穷；二是空间线索，目之所及的高远空间正绽放着欣欣向荣的光景；三是生存线索，发岁月蹉跎、老大无成、不知归宿何方的情思。前四句，将往古和当下揉化得无迹可寻，先访古，又悄然从古昔折回目前，转换自然，不显突兀生硬，世情盛衰、生命有限的感慨黯然纸上，意脉低沉。五六句，树木葳蕤、芳草萋萋的峥嵘景象似乎消解了生命缥缈之愁，而曾于此作《鹦鹉赋》的人呢，上天入地，茫茫不可寻也，诗思陡转。“日暮乡关何处是，烟波江上使人愁”，十四字未读完，泪已涔涔。

向晚的日影，渐起的暮霭，触目皆生愁，凄怆低回。“乡关”是全诗情感的落脚点，也是全诗推进中情感的回射点。置于时间、空间绵长广阔中的“乡关”，不再是一般意义上的怀乡，而具有了对人生归宿的叩问、对人生内核探求的意味。

除夜作

唐·高适（704—765）

旅馆寒灯独不眠，客心何事转凄然。
故乡今夜思千里，霜鬓明朝又一年。

|辑 评|

[清]黄叔灿《唐诗笺注》：“‘故乡今夜’承首句，‘霜鬓明朝’承次句，意有两层，故用‘独’字、‘转’字。诗律甚细。”

[清]马时芳《挑灯诗话》：“只眼前景，口边语，一倒转来说，便曲折有余味。”

俞陛云《诗境浅说续编》：“绝句以不说尽为佳，此诗三四句将第二句‘凄然’之意说尽，而亦耐人寻味。以流水对句作收笔，尤为自然。”

赏读

这首七绝约作于唐玄宗天宝九年(750)除夕夜，时高适旅次蓟门(今北京一带)客舍,抒客中思乡之情。

题曰“除夜”，劈空便写“旅馆”，已表明除夕夜旅居在外的现状。一“寒”一“独”将除夕该有的普天同庆、张灯结彩的节日氛围消弭殆尽。民间常有达旦不眠、围炉守岁的习俗，诗人为何说独“我”不眠呢？在除夕夜这样阖家团圆的特定环境里，诗人对时间的知觉明显长于客观时间。数着夜漏盼天亮的每一分每一秒都比往时往日长许久，故而生出他人皆已安寝，独“我”不眠不休的凄凉。接着自问：我因何事变得如此凄凉悲伤？“客心”即“我心”，称己为客，是对自我身份的再一次确认。这一问既是对首句孤栖客舍情状作一“凄然”的小结，又承启三四句千里思乡的叙述。“转”字表示除却除夕夜独宿旅馆这一重“凄然”外，还有更“凄然”的情愫在末两句。前二句从自己着手，后二句宕开一笔，不直言自己思乡，反说故乡至亲思“我”，且“思”得具体到“我”的霜鬓，细致入微，令人潸然。至此，“我”心为何转凄然，已然明了：独处异乡，怀乡心切，此其一；功业未竟，衰老已至，此其二。“明朝又一年”回应诗题“除夜”。

即景即情成篇，流转自然。自问自对的写法，将乡思展现得余味悠然。

春望

唐·杜甫（712—770）

国破山河在，城春草木深。
感时花溅泪，恨别鸟惊心。
烽火连三月，家书抵万金。
白头搔更短，浑欲不胜簪。

辑评

[宋] 司马光《温公续诗话》:“古人为诗，贵于意在言外，使人思而得之，故言之者无罪，闻之者足以戒也。近世诗人唯子美最得诗人之体，如‘国破山河在……恨别鸟惊心’，‘山河在’，明无余物矣；‘草木深’，明无人矣；花鸟，平时可娱之物，见之而泣，闻之而悲，则时可知矣，他者类此，不可遍举。”

[元] 方回《瀛奎律髓》:“此第一等好诗，想天宝、至德以至大历之乱，不忍读也。”

[明] 胡震亨《唐音癸签》:“对偶未尝不精，而纵横变幻，尽越陈规，浓淡浅深，动夺天巧，百代而下，当无复继。”

赏读

唐玄宗天宝十四年 (755)，安禄山在范阳反叛。至德元年 (756)，唐肃宗李亨在甘肃灵武即位。杜甫闻知欲奔赴行在，途中为叛军俘掠至长安。这首五律当作于至德二年春，诗人身陷贼营时。

诗题“望”字领起首联。都城长安残毁破败，自然胜景仍在，城内蔓草繁茂，灌木葳蕤。“国破”与“山河在”并立，似是矛盾语，然“国”的符码意义指向文化范畴，寄寓诗人的情谊，“山河”隶属地理范畴，不管时境迁移，是无情语。国之不国与山河如故构成一重对比。枝繁叶茂本是春意盎然、生机勃发的体现，可如今的草木芜杂之地原是人烟阜盛、街市繁华之所在，示城内无人，此一重逆转。自玄宗出逃、安史叛军赖踞长安后，百姓颠沛离散，无人整饬打理的都城中草木肆意疯长。草木之盛与人事之衰，构成两重对比。“破”字既可作形容词“破败”解，也可解为动词“沦亡”。“在”既是对当下状态的描述，亦有恒常之意，两相比较，含悲无限。首句笔力千钧，两重对比，于紧张、冲突之下呈现的内在张力，使得诗境气局阔大，骨重气苍。颔联定格在一花一鸟之上。“感时”者为人，“溅泪”者却为花儿，移情入景，以露珠饱胀，花瓣不堪其重而坠落，比附感于时局动荡，因忧国忧民而落泪的情状。“溅”字常状液体向四处飞射之貌，如张九龄《入庐山仰望瀑布水》：“洒流湿行云，溅沫惊飞鸟”，能惊吓到飞鸟的水沫一要多，二要速度快。同此，以“溅”字冠于泪，述眼泪扑簌迸发，揩之不及的状态，极言泪之多，哀之深。鸟儿扑棱翅膀起飞的声音都能让诗人心惊，述写其孤子一人身困贼营时草木皆兵、提心吊胆的恐惧心理。花、鸟本是娱人之什，诗人竟于乐处生悲，此二重逆转。乐景哀情，加一倍写法，情更难堪。颔联上句承“国破”而来，故曰“感时”，下句启“家书”而去，因称“恨别”。战争连逢三个月还没熄火，诗人身居围城，消息阻隔，若此时能得家书一封，其价可越万金。以万金衡量一封家书，透露出其对战争的憎厌和对鄜州妻儿的挂念。

“白头搔更短，浑欲不胜簪”自鲍照《拟行路难》“白发零落不胜簪”而来，写白发本短，因不断搔抓而更短，短到连簪子都插不住了。“搔”是一个很有意味的词，常常是遇到棘手问题时无意识的动作。想到安史之乱后的长安城满目疮痍，搔头；念及行营凤翔的皇帝，挠首；关切流离失所的百姓，抓头；挂怀鄜州的妻儿，搔首；怀济世壮志，又伤其老，挠头。家国民生之愁思，每日绕肠三番，以围困长安的逾半年之期来算，白头怎能不短？疏发如何能簪？

语语含泪泣血，苦不能堪；字字沉着幽邃，沉郁之至。前两联写景，节节逆转，景中含情；后两联抒情，步步紧逼，心灰情绝。

月夜

唐·杜甫（712—770）

今夜鄜州月，闺中只独看。
遥怜小儿女，未解忆长安。
香雾云鬟湿，清辉玉臂寒。
何时倚虚幌，双照泪痕干。

|辑评|

［元］方回《瀛奎律髓》："八句皆思家之言，三、四及'儿女'，六句全是忆内，与乃祖诗骨格声音相似。"

［清］何焯《义门读书记》："衬拓'独'字，逼起落句，精神百倍，转变更奇（'香雾'二句下）。"

［清］浦起龙《读杜心解》："心已驰深到彼，诗从对面飞来，悲婉微至，精丽绝伦，又妙在无一字不从月色照出也。"

| 赏 读 |

唐肃宗至德元年(756)八月，杜甫自鄜州奔行在，为叛贼虏至长安。这首五律即作于至德元年八月到至德二年(757)夏间杜甫身陷长安时，抒思念妻小之情。

诗人在长安围笼中忆鄜州发妻儿女，入手便反主为宾，从对面着笔，写家人思己，曲笔婉转。“今夜鄜州”这一特定时间、地点的月亮，仅妻子一人独赏，妻子堪怜，诗人亦可怜。颔联悄然将视角转至诗人，“遥”字言长安距鄜州距离之远。儿女尚幼，不理解母亲为何忆长安，“忆”长安者独妻子一人，此处不直接说妻念夫，反说孩子不解母亲挂念长安的心情，曲笔旁衬，强化首联之“独”。妻子虽无丈夫陪伴，虽不被儿女理解，尚有儿女承欢膝下。反观杜甫，寝食无妻子料理，左右无儿女相伴，终日面对安史叛军和残破的长安，凄凄恻恻，不言思亲，则忆妻怀儿的真情苦意已在言外矣。首联点家在鄜州，颔联言身在长安，颈联又折回鄜州，写妻子望月的形象：雾湿发髻，月寒臂腕。语言浓丽而情意悲凄，雾本无香，云鬟濡染致香，臂本不寒，凉夜侵浸致寒，可见伫立看月之久，可知忆念挂怀之深。这一联无一字写月，却无一字不是从月光照出的，紧应诗题。由“双照”可知，每一写妻子的诗句后，都潜着一个同情同景的丈夫形象，既对“独看”，又绾合“月夜”之题。机杼独出，语意玲珑。

月夜忆舍弟

唐·杜甫（712—770）

戍鼓断人行，边秋一雁声。
露从今夜白，月是故乡明。
有弟皆分散，无家问死生。
寄书长不达，况乃未休兵。

|辑 评|

[宋] 魏庆之《诗人玉屑》："杜子美善于用故事及常语，多离析或颠倒其句而用之，盖如此则语峻而体健，意亦深稳矣。如'露从今夜白，月是故乡明'之类是也。"

[清] 张谦宜《茧斋诗谈》："'戍鼓断人行，秋边一雁声。'若作'雁一声'，便浅俗；'一雁声'便沉雄。诗之贵炼，只在字法颠倒间便定。"

[清] 浦起龙《读杜心解》："上四，突然而来，若不为弟者，精神乃字字忆弟，句里有魂也。……不曰'月傍'，而曰'月是'，便使两地皆悬。"

赏读

唐肃宗乾元二年(759)，安史叛军史思明攻陷洛阳、齐州(治今山东济南)、汝州、滑州(治今河南滑县)、郑州，山东、河南俱遭战乱。时杜甫流寓秦州(治所在今甘肃秦安县西北)，音信阻隔，忧念流散山东、河南一带兄弟的生死存亡，遂有此诗。

首联、颔联写景，景中含情；颈联、尾联书事，事亦融情。劈头营造紧张、肃杀的边地氛围：戍楼击鼓禁断人行，边塞秋暮孤雁哀鸣，意气悲戚。“断”字干脆利落，冷漠无情。“一”字茕茕孑立，凄楚难堪。古人多以“雁行”喻兄弟，这里用失群孤雁括手足离散意，逗起“忆弟”，又为尾联“寄书”伏笔。“露从今夜白”，初上口拗折颠倒，既是心急情切之语，又见锤炼锻造之功。白露是秋天的第三个节气，示天气转凉。吴澄《月令七十二候集解》云：“八月节，秋属金，金色白，阴气渐重，露凝而白也。”古人以五行配四时，秋属金，尚白，故以白状秋露。诗人将“白露”二字拆散，颠倒、分置一句首尾，打破习有的阅读经验，造成一种生新鲜活的体验，化庸为奇。“月是故乡明”，是无理却情深的痴儿语，千里共沐一轮明月，哪有彼明此暗之理？月什么时候最明？自是月圆之时，月圆

又指向人团圆，秦州月不比故乡月明，自是白露夜独自观月的景况勾起往日与弟并肩赏月的回忆，一边形影相吊，孤凄难耐，一边赋诗吟赏，其乐融融，两相比较，诗人在主观心理上就黯淡了秦州的明月。前两联虽无一字贴合诗题忆念其弟，情感上却字字指向其弟，苦语后俱是真情。

后二联控诉安史之乱致其家破人散、存亡未卜的恶行。有家在，即使兄弟分散各地，在实体上有个落脚点，心理上也有归宿，如今老家毁于战乱，没有了交换信息、停泊安歇的避风港，骨肉至亲的生死都无处问询，不知这一别，是生离还是死隔，写得肝肠寸断、五内如焚！“寄书”意源于“一雁声”，“寄书长不达”是对古时交通不便、音书阻隔状况的总括，或鸿雁传书，如李清照：“云中谁寄锦书来？雁字回时，月满西楼”；或鱼传尺素，如秦观：“驿寄梅花，鱼传尺素，砌成此恨无重数”；或青鸟传音，如李商隐：“蓬山此去无多路，青鸟殷勤为探看”；或信鸽传书，如李弥逊：“不遣飞奴频过我，欲将怀抱向谁开”；或浮云捎信，如曹丕“郁陶思君未敢言，寄声浮云往不还”。这些都是被文化建构出来的质感丰厚的通信意象，将家书托付于它们，意象圆满，而实不能达，此一重苦境。“未休兵”照应“戍鼓”，音书本就难达，又遭逢战乱，加倍艰辛。语浅愁多，字字都苦。

逢入京使

唐·岑参（715？—770）

故园东望路漫漫，双袖龙钟泪不干。
马上相逢无纸笔，凭君传语报平安。

| 辑 评 |

[清] 吴瑞荣《唐诗笺要》："俚情真语，都极老横。"

[清] 徐增《而庵说唐诗》："'马上相逢无纸笔'，此句人人道好，惟在玉关故妙，若在近处则不为妙矣。"

[清] 沈德潜《唐诗别裁》："人人胸臆中语，却成绝唱。"

赏读

唐玄宗天宝八年(749)，岑参三十五岁，带着建立不世之业的豪情，出阳关，经今罗布泊、吐鲁番，到库车高仙芝幕府任职。本诗作于离京西行途中。

首句写在京城故园的西面回望，长路漫漫，难见尽头，一点“西行”，二叙行路时间之久。离家多日，不知父老身体是否康健，不知儿女饭食是否如常，不知妻子持家是否操劳，想到此泪水扑簌簌掉落不止，又怕被同行人看到笑话儿女情长，便赶忙用袖口擦拭干净，怕是家中妻儿父老更担心我的念想浮上心头，路途遥远，行迹不定，衣食难保，他们一定栖栖惶惶寝食难安，想及此更是泪流难止，以致沾湿双袖。虽然是夸张的修辞，思乡之情却无半点含糊。恰逢使者入京，欲写封家书托他转交，备言一路安好，一因各有差遣，耽误不得，二是马上相逢，苦无纸笔，只得托使者带个平安口信。末句利落干净，不拖泥带水，似淡实膏，可从短短七字内感受到诗人的挣扎和无奈：一封亲笔家书可让父老妻儿在惦念自己安危时从字里行间得到慰藉，而一句没有温度的口信，真假不知，实难信服。一个怀有“功名只向马上取”雄心的七尺男儿此时表现的似水柔情，令人动容。

此诗首句是眼前景致，末句是惯常所见的口头语，妙在以快如并刀的诗笔和深如涧渊的真情裁剪入诗，自然、不隔，含不尽之意于言外。

行军九日思长安故园

唐·岑参（715？—770）

强欲登高去，无人送酒来。
遥怜故园菊，应傍战场开。

| 辑 评 |

[明] 凌宏宪《唐诗广选》：“顾华玉曰：‘妙在二十字中备见题意。’”

[明] 李攀龙《唐诗直解》：“点‘战场’，无限凄怆。”

俞陛云《诗境浅说续编》：“花发战场，况未休兵，谁能堪此？嘉州《见渭水思秦川》诗云云，亦思乡之作。心随水去，已极写乡思，而此作加倍写法，感叹尤深。”

| 赏 读 |

唐肃宗至德二年(757)九月九日,岑参行营于凤翔。本诗即作于此时，述写家国之思，泄发厌战情绪。

重九本是齐家登高、饮酒赏菊、避惑祈福的节日，冠以“强”字便有知其不可为而为之的勉强意味，何以把节日过得如此凄惨？表面原因是无酒，也无人来送酒。唐玄宗天宝十四年(755)，安禄山叛变。天宝十五年(756)六月，安禄山攻陷长安；七月，唐肃宗李亨即位，改元至德。至德二年（757）二月，肃宗驻跸凤翔；九月初，岑参扈从肃宗在凤翔，时长安尚在叛军铁蹄之下，家难成家，国将不国，还有甚心情过节？“无酒”只是一个幌子。三四句由陶渊明醉饮菊丛，想到故园菊花此时应在战火纷飞的长安城绽开，衔转自然。末二句描绘了有一幅极具视觉刺激效果的画面：经安史之乱，长安城一片狼藉，残垣满目；尸横遍野，血染长街;傍着身披疮痍的长安城，丛菊绽放，黄花堆积。菊花为观赏植物，而此时兀自开放，无人吟咏赏赞，述怜惜之意。诗人怜惜菊花，更怜往日赏菊之人，反战心理突显。以故园代指长安，思乡的意义已上升到国难民生的高度。

通篇二十字，每句都含重阳节常备的元素，贴合诗题。而重九元素俱为宾，思乡国、厌战争的心情才是主，无限凄怆。

西过渭州见渭水思秦川

唐·岑参（715？—770）

渭水东流去，何时到雍州？
凭添两行泪，寄向故园流。

|辑 评|

[明] 凌宏宪《唐诗广选》："岑诗此等处，令人哭笑不得，是鬼王语。"

[清] 王士禛《唐贤三昧集笺注》："情至语，因不在深。"

[清] 吴瑞荣《唐诗笺要》："情至语亦深，嵌入流水门类，觉见千锤万锻之妙。"

赏读

唐玄宗天宝八年(749),岑参赴安西高仙芝幕任职。离京西行途中，旅次渭州，见渭水东流，欲托流水遥寄乡思，遂有此诗。

诗题点地点事，一“思”字奠定哀伤基调。渭州，为唐代州名，治所在襄武(今甘肃陇西县南)。渭水即渭河，是黄河支流，流经襄武、长安等地。秦川，指关中(今陕西省中部地区)。这首诗写思念长安故园，诗题作“见渭水思秦川”，以“水”对“川”，有纵横迤逦、山迢路远之形象感。开篇即问：一河渭水日夜东流，什么时候才能流到雍州？表面上是计算时间，实是计算离家的距离。雍州亦为州名，唐初置，开元年间改为京兆府，治所在长安，此用旧称。岑参，先祖居南阳，梁时徙荆州江陵，因其久居长安，故称长安为“故园”，如《行军九日思长安故园》。诗人问渭水何时能流至雍州，实是问何时能流到长安。水尚能到长安，人为事功却只能背道西行，心境是加倍的凄凉和无奈。《逢入京使》亦作于此次西行途中，有曰:“马上相逢无纸笔”，知其无纸笔，难托鸿雁传书，人又不能折向东行，如何向家人传语报平安？如何向故园寄思念？诗至第三句，尚平淡无奇，思念故乡时，谁不会计算离家的距离？谁不会情深落泪？可有几人想得到托水寄泪？转得自然！转得奇绝！即情即景，用响若玲珑的诗心、快如并刀的诗笔裁切得圆润无痕。

新年作

唐·刘长卿（726？—786？）

乡心新岁切，天畔独潸然。
老至居人下，春归在客先。
岭猿同旦暮，江柳共风烟。
已似长沙傅，从今又几年。

辑评

［明］陆时雍《唐诗镜》：“三、四句隽甚，语何其炼。”

［明］陆时雍《诗境总论》：“刘长卿体物情深，工于铸意，其胜出有迥出盛唐者。……‘春归’句何减薛道衡《人日思归》语！”

［清］顾安《唐律消夏录》：“句句从‘切’字说出，便觉沉著。五、六以‘同’‘共’二字形容出‘独’字来，甚妙。”

赏读

唐肃宗乾元二年 (759) 年春，刘长卿被贬为潘州南巴（今广东茂名电白区）县尉。上元二年 (761) 春，遇赦北归。这首五律或写于上元二年新年伊始，发仕途失意、欲归无期的感慨，抒新岁怀乡之情。

入句开宗明义，以“乡心”起一诗之情意。题曰“新年作”，已逗起张灯结彩、亲眷欢聚的节日氛围，“乡心”二字笔势陡回，将读者带至荒蛮的南巴贬所，切实地闻作者所闻、见作者所见、感作者所感。诗人终日所闻为岭猿哀啼，整日所见为风烟迷蒙、江柳垂绦，与之共昏晓的是“猿”，与其同遭风烟的是“柳”，二者皆无情之物，极衬诗人的孤独。在这样的境况下，又遇新岁，“天畔独潸然”的客子形象便来得自然，来得沉着。“天畔”犹天际，状极远的地方，此指南巴。诗人不禁感慨：春日已先我而北归，不知这样老来流寓、屈居人下的日子何时才能到头？“长沙傅”用贾谊事，刘长卿借谊形己：唐肃宗至德二年 (757) 冬，长卿摄海盐（今浙江海盐）县令，黾勉政事，官风峻严，却遭人嫉恨，以钱粮事诬谤之。乾元元年 (758)，长卿受诬入狱。次年，遭贬黜，为南巴县尉。至写这首《新年作》时，自贬岭南已历三载，故问天也问己：我已像贾谊一样谪居三年，什么时候才能被召还乡？

通篇句句从“切”出，括尽不得志、不能归之意，是痛人语。

余干旅舍

唐·刘长卿（726？—786？）

摇落暮天迥，青枫霜叶稀。
孤城向水闭，独鸟背人飞。
渡口月初上，邻家渔未归。
乡心正欲绝，何处捣寒衣？

|辑 评|

［明］周敬、周珽《唐诗选脉会通评林》："周珽曰：'咏客邸秋夜萧索、孤寂情景，极凄极韵。'"

［明］邢昉《唐风定》："清忧中深骨苍苍。"

［清］吴乔《围炉诗话》："《余干旅舍》前六句叙尽寂寥之景，结以情收之，亦'吹笛关山'之体。"

| 赏 读 |

唐肃宗乾元二年(759)春，刘长卿被贬南巴(今广东茂名电白区)县尉。同遣有诉冤者,朝廷命赴洪州(今江西南昌)待命，长卿即寓居余干(今江西余干)。秋，乃赴岭南。这首五律即写于未发余干时。

秋季傍晚，草木凋残，暮天高远，经霜的枫叶稀落可数。“摇落”，状草木凋残貌，这是一个极具听觉、视觉感受的词语，霜气横秋，禁不住肃杀秋气的草木，黄肥绿瘦，瑟瑟秋风一过，枝摇叶落，黄叶翻飞。首联为进一步写法，上句以“摇落”总状秋况，下句以具体的“霜叶稀”对上句进行填充，尚未言情，情已初显。天色向晚，临水的余干城关闭了城门，一只落单的鸟儿与人背道而飞。“闭”与“背”二仄声字，读来有一种生硬拒斥之感。连鸟儿也拒与诗人同道，孤寂情景，已至极矣。颔联借物形己，“孤独”的是城，是鸟，更是诗人自己。情已透纸背。时间已推移到新月初生的时候，家在客邸近旁的渔夫尚未渔猎归来。未回家的何止渔夫一人，还有远赴贬地的诗人，由人及己，再顺势直下，肃杀秋景、孤寂处境已使人愁肠百结，怎么还能禁受得住错落起伏的捣练寒衣的声音？前三联写景，景俱含情，最后归结到“乡心”，乡思便浓得化不开、烈得解不开。

以景起，以情结，时间渐晚，乡思层进层深。

夏景端居即事

唐·韦应物（737—790？）

北斋有凉气，嘉树对层城。
重门永日掩，清池夏云生。
遇此庭讼简，始闻蝉初鸣。
逾怀故园怆，默默以缄情。

|赏读|

韦应物是唐代大历年间诗人，少年过的是斗鸡走马的生活，亲历安史之乱的他眼见国家由盛到衰的过程，于是心态逐渐转向平和，推崇隐居山水的生活。其山水田园诗上承陶渊明、王维、储光羲等人，下启柳宗元，诗风平淡自然，苏轼曾喻之为“发纤浓于简古，寄至味于淡泊”。

此诗具体写作时间不详，从诗题可知，当是诗人在夏季案牍清闲之时所作。前三联描写夏日清景，最后一联抒发思念故土之情。

诗人的居所位于北面，阳光没有那么刺眼与强烈，背阴的房屋似乎凉气一阵阵袭来，惬意无比。窗外是一片片郁郁葱葱的树木，隔离了重重高楼，给诗人留下一个清幽的世界。诗人没有烦琐的政务劳形，便天天关闭重重门窗，不与外人交接。似乎每日欣赏那清清的池水，平静得如同一面镜子。看那洁白的云朵，在水天交接的地方逐渐升起，就已足够。在没有人来人往声音的干扰中，诗人似乎听到蝉儿刚刚开始发出一声声鸣叫，那是夏天的声音，那声音似乎也无比美妙。在这一个静谧的夏日，远游在外的诗人一瞬间怀念故土之情越发强烈，也许是因为他看到的此情此景与家乡的风貌有几分相似。然而，这一思乡之情又向谁去诉说呢？诗人唯有自己默默品尝。

旅次寄湖南张郎中

唐·戎昱（744—800）

寒江近户漫流声，竹影临窗乱月明。
归梦不知湖水阔，夜来还到洛阳城。

辑评

［明］谢榛《四溟诗话》：“诗有简妙者，亦有简而弗佳者。武元衡‘梦逐春风到洛城’，不如戎昱‘归梦不知湖水阔，夜来还到洛阳城’。”

赏读

戎昱，中唐诗人，祖籍荆门（今属湖北），流寓桂州（今属广西）而终。其诗多伤怀之作，这首七绝述旅次思乡、归梦不成的怅恨之情。

“寒”字以凄冷之势直入诗境，点明时节，为后文情事张本。以“寒”状“江”，是通感的手法，“寒”是肌肤触觉，据“漫流声”，知诗人既未见江，也未触江水，此处跳过视觉、触觉，直诉听觉。入句意为旅居的客屋近靠寒江，江潮涌涨的声音透窗入户聒噪在诗人耳畔。漫，刻绘水涨之声，也写水声霸蛮充盈房间。诗人烦忧，却迁怒于水声，背了这一桩不是的，还有竹影，一阵夜风过后，临窗而生的一丛竹子，参差摇欹，扰乱了当空投下的一窗月明。一切景语皆情语，“乱”是诗人心绪的外射。戎昱所属意的不在客邸，竹影当窗、月光在户反惹出烦恼来。首句遮目取声，次句遮耳取景，流水聒耳，竹影乱目，于是诗人选择并耳目，动用全部器官去思乡，殊不知梦中未还乡，反去了洛阳。末二句是梦醒之语，还带着睡前的怅恨之情，又怨其梦来：你难道不知我距家乡山长水迢吗？怎么还折去洛阳了呢？不绕不折，一夜尚不能抵乡，何况逗留他方呢？虽曰“归梦”，实际上未成归梦，梦不得，归不得，虚实两方面都得不到慰藉，诗人的任性使气，便可解了。语越无理情越深。

夜上受降城闻笛

唐・李益（748—829）

回乐烽前沙似雪，受降城外月如霜。
不知何处吹芦管，一夜征人尽望乡。

|辑 评|

[清] 宋宗元《网师园唐诗笺》："蕴藉宛转，乐府绝唱。"

[清]施补华《岘佣说诗》："'天山雪后'一首、'回乐峰前'一首，皆边塞名作，意态绝健，音节高亮，情思悱恻，百读不厌也。"

赏读

李益生于陇西，遭战乱之苦，历故乡沦亡之变，有“走马曾防玉塞秋”的长期边塞生活经历，熟悉塞上风情，深知征人甘苦，故其着笔较多、成就最高的就是边塞诗。《夜上受降城闻笛》是其边塞七绝的代表作之一，叙久戍边塞的士卒闻笛思乡之情。

前两句对仗写景，正是夜上受降城所见，采用广角镜头的取景视角，向读者呈现边塞寥廓的抒情背景。后两句转入听觉角度，笛声划破夜空，划出切口，将蛰藏在前两句景物中的乡情一股脑儿倾泻出来，浓郁的化不开的愁怨洇透征人的衣衫，洇透载字的纸张，绵绵无尽地传达出来。诗中“受降城”之名，由贞观二十年 (646) 唐太宗亲赴灵州接受突厥投降而来，指灵州治所回乐县。“回乐烽”指烽火台，李益七绝《暮过回乐烽》是其注脚：“烽火高飞百尺台，黄昏遥自碛西来。昔时征战回应乐，今日从军乐未回。”随着一个一个烽火台由回乐城向远处延伸的沙地，像雪一样,反射着月光,莹白中透着寒意。“受降城外月如霜”，以飞霜喻月光，既诉月光皎洁，又呈现出月光洒落时流荡的动态，却比“空里流霜不觉飞”少了可爱，多了寒凉。“雪”和“霜”与边塞相涉，都是极富触觉

刺骨感、心理凄冷感的冷色调词，联想塞客衣单，便更觉凄寒。如霜的月光，似雪的沙地，无眠而登上城楼的征人，已充分具备怀乡的条件。诗人又深知边声对戍边将士乡思的牵引、触动作用，从不知何处响起的芦笛声切入士卒的情感世界，思乡的暗流就汹涌成了洪波。听到笛声，站岗的、已经在军帐里躺下准备休息的、因战争受伤痛得无法入睡的、商讨作战计划的将士等，不顾白天操练的苦痛，不顾重山阻隔，齐齐向故乡所在处望去。虽然是诗人拟想的镜头，却无拿捏、造作之感。一个“尽”字，括受降城的所有“征人”，征戍之苦，离乡之久，自明矣。

寓乡思于边塞风情，视、听、触觉多方、立体再现戍士生活、情感风貌，令人回味感泣。

从军北征

唐·李益（748—829）

天山雪后海风寒，横笛偏吹行路难。
碛里征人三十万，一时回首月中看。

|辑 评|

[明] 胡应麟《诗薮》:“七言绝，开元之下，便当以李益为第一，如《夜上西城》《从军北征》《受降》《春夜闻笛》诸篇，皆可与太白、龙标竞爽，非中唐所得有也。”

[清] 毛先舒《诗辩坻》:“七绝，李益、韩翃足称劲敌。李华逸稍逊君平，气骨过之，至《从军北征》，便不减盛唐高手。”

赏 读

这首诗流传甚广，亦属李益边塞诗的代表作，抒戍边将士的思归乡情。《从军北征》《夜上受降城闻笛》二诗可参照并读。

若说“沙似雪”“月如霜”传递的“凄清”感是隐性的，“天山雪后海风寒”则直接交代行军的环境氛围和物理感受。“不知何处吹芦管”隐匿了吹奏者吹笛的缘起和笛曲的名字，“横笛偏吹行路难”则直述曲名《行路难》，内容备言世路艰辛及离情别意、声情直诉哀怨凄楚。吹奏者似乎任性地要在行军途中倾注一场大雨，使步履维艰，要在怀乡将士的心中多添悲愁，使再难禁受。“一夜征人尽望乡”未言戍士人数，“碛里征人三十万”则以“三十万”限定戍士多少，虽不一定是生活真实，却不减艺术真实。“一时回首月中看”，则给征人一个富有故乡意义的具体可感的有形之物。遍奏哀怨笛声的月夜，行军在寒风吹彻的天山下的荒漠，苍莽凄凉。历数行军艰辛、闻笛思乡是诗中常事，诗人却以诗笔裁剪出三十万征人一瞬间回头望月的悲壮画面，寓情于景，使常意变新。

诗从笛声牵引乡思的角度切入，撷取征人尽皆回首望乡的镜头，不落窠臼。

长安春望

唐·卢纶（748—800？）

东风吹雨过青山，却望千门草色闲。
家在梦中何日到，春生江上几人还。
川原缭绕浮云外，宫阙参差落照间。
谁念为儒逢世难，独将衰鬓客秦川。

|辑评|

[明]李攀龙《唐诗训解》："伤乱之意，溢于言外。"

[清]宋宗元《网师园唐诗笺》："绰约多姿（'家在梦中'联下）首联点题，三、四言情，五、六正写'望'字，末二句总收。"

[清]方东树《昭昧詹言》："此诗用意，全在三、四，梦家未还，为一诗关键主意。起与五、六，平常语。收句承明三、四，尚沉足。"

赏读

卢纶，字允言，早孤。早年旅食江湖，尝居幕府十年，为大历十才子之一。这首七律约写于唐代宗大历年间，时卢纶客居长安。

入题点地点时，“东风”既应题之“春”，又暗含故乡所在。风是过故乡的风，雨是故乡的雨，风雨翻山迢递而来，起得似淡实难。一个回望的动作将视线扭转到长安的风物上来，长安城的宫宇房舍、铺青叠翠的草儿在斜风微雨中泰然自得。“闲”是诗人内心情感外溢碰到不解风情的“草”而涌现的心理感受，草之“闲”便逗出了人之“不闲”：频梦故园却不知何日能归还，春江之上舟来舟往，到底有几人能还乡？卢纶偏于“家”后贴一虚无缥缈的“梦”，极言归期杳杳。“春生江上”，冬去春来又一载，而“我”犹不得归家，推己及人，像“我”一样的客子，又有几人能还家，情感的厚度和浓度不再囿于一己之乡思。颈联诗思回转，折回眼前，仍是望中所见：河流逶迤迂回淌过原野，直至天际，残阳余晖下，长安城的宫阙参差错落。颈联上、下句分述长安城外、内之景，宽绰壮阔，却少人烟，是异乡景况、乱后情状，大有杜甫“国破山河在，城春草木深”意在。尾联趁势而下，伤世伤时，一发身为儒生遭逢世难、功业难竟之叹，一发老而未归、卑凄客居之情，声凄调哀，读之泪涔。

晚次鄂州

唐·卢纶（748—800？）

云开远见汉阳城，犹是孤帆一日程。
估客昼眠知浪静，舟人夜语觉潮生。
三湘衰鬓逢秋色，万里归心对月明。
旧业已随征战尽，更堪江上鼓鼙声。

|辑 评|

[宋] 曾季狸《艇斋诗话》：“‘估客’一联，曲尽江行之景，真善写物也。”

[明] 高棅《唐诗正声》：“吴逸一评：‘次联老江湖语，三联语忽不测，结悲，酷入情。’”

[清] 胡以梅《唐诗贯珠》：“‘浪静’映‘云开’，‘夜语’由于‘晚次’。三、四构句，曲尽水程之妙，气度大方精妙。”

赏读

安史之乱以来，卢纶避地南方，这首七律即写于旅次鄂州（今湖北武昌）时。

送目远望，高天清明，汉阳城隐隐可见，而江阔帆迟，孤舟独进尚需一天行程。古人羁行多有“未晚先投宿，鸡鸣早看天”的打算，故诗人今夜行宿鄂州。望而难达，水程艰辛，行舟旅况便翻搅着涌上来：白天风平浪静，同舟行商枕窗而眠；夜晚涨潮，船家相唤，收缆扣舷。昼眠者为估客，不该眠时而眠，必是无忧之人。知浪静者是诗人，“浪静”本是可观的景象，遣以“知”，衬出无心赏景满腹心事的游子形象。夜语者为船家，觉涨潮者是诗人，该眠时难眠，正写客子寂寥苦寂的心境。诗人因何昼夜不眠、心绪难宁？因时晚，因世乱，因年老，因思乡，因羁旅。“三湘”泛指洞庭湖一带，此代鄂州，点旅居地。三湘地距故乡蒲州（今山西永济）有万里之遥，一颗速归的心，不能对同为客却酣睡如常的商贾言，不能对忙于加缆扣舷的船家诉，只能白于月，无情物怎解有情人，深肖旅途寂寥景况。一联十四字，将个人漂泊、社会动乱、老而无成、时势不堪的衰颓破败写尽了。“归心”为诗眼，醒一篇之意。可有归心而无归处，家业已在战乱中作烟云散尽，失无可失时，江上传来阵阵战鼓声，又有多少人像“我”毁业失家、流寓他乡。收句境界陡宽，不囿一己情感。景萧情涩，是痛人语。

归信吟

唐·孟郊（751—814）

泪墨洒为书，将寄万里亲。
书去魂亦去，兀然空一身。

|辑评|

［明］周敬、周珽《唐诗选脉会通评林》："泪墨，犹言和泪以为书也。至魂与所寄书同去，忆归之心悲且切矣。落句更极无聊。"

赏读

孟郊一生穷困潦倒，科举多次失意，所任之官也仅限为溧阳县尉。孟郊素与韩愈、张籍、卢仝等人交好，诗酒酬唱。其诗歌多抒发个人生活感悟，风格瘦硬古朴，韩愈曾言其诗“横空盘硬语，妥帖力排奡”，两人被后人称为“韩孟诗派”，而宋代苏轼则将他与贾岛并称为“郊寒岛瘦”。

《归信吟》即表明此诗是诗人所撰写的家书，吟是歌吟体的名称，如《游子吟》等。奔波在外的诗人，与亲人天涯相隔，这一距离不仅是空间之远，也许还有时间之久。归乡不可得，为了缓解相思之苦，诗人唯有写一封长长的信给远方的亲人，然而，在这一过程中，诗人不时念及故土，回忆起当初与亲人相守时的片片温暖，他越发悲痛万分，眼泪一串接着一串滴进砚台，都可以作为研墨的水了。孟郊特别擅长借泪来抒发悲情，他的另一首《怨诗》“试妾与君泪，两处滴池水。看取芙蓉花，今年为谁死”，也同样采用夸张的手法，具有极大的艺术震撼力。这一手法也多为后代诗人所继承，宋代晏几道就曾言“泪弹不尽临窗滴，就砚旋研墨。渐写到别来，此情深处，红笺为无色”。当这一封浸透着眼泪的书信写完，被诗人交给邮差，诗人的魂魄似乎也随同书信一起穿过山山水水，在万里之路上行走，归返故里。灵魂已去，在这广阔的时空，诗人似乎又是孑然一身，在天地间漂浮。

春兴

唐·武元衡（758—815）

杨柳阴阴细雨晴，残花落尽见流莺。
春风一夜吹乡梦，梦逐春风到洛城。

| 辑 评 |

［清］黄叔灿《唐诗笺注》：“旅情黯黯，春梦栩栩，笔致入妙。”

俞陛云《诗境浅说续编》：“诗言春尽花飞，风吹乡梦，虽寻常意境，情韵自佳。三、四句，‘乡梦’‘春风’，循环互用，句法颇新。”

| 赏读 |

武元衡，字伯苍，武则天曾侄孙，官至宰相。因力主削藩，被藩镇刺客刺杀于早朝途中。本篇为诗人因春物兴思所作，发怀乡情意。

一二句写兴思的春物，物里含情：细雨初晴，一片水洗的清明，杨柳垂阴，翠色深暗；枝头坠尽残花，啼啭的黄莺得以显露。“阴阴”状杨柳铺翠连梢、幽暗茂密，王维《积雨辋川庄作》有曰：“漠漠水田飞白鹭，阴阴夏木啭黄鹂。”流莺即黄莺，又名黄鹂，“流”字，形容其啼鸣婉转、不滞涩。暮春残景最易引发时光易逝的伤春感慨，虽不必全与乡思系联，搁在客居他乡的游子身上，则会况比故乡，进而逗惹乡情：居地春尽，故园何如?

三四句写春物所兴之思，思中带景：春风吹拂，形酿归梦；梦逐春风，翩至洛城。武元衡，占籍河南府缑氏（今河南偃师），缑氏近靠河南，故此以洛城代指故乡。春风不寒不热，惬心合意，犹若居家眠卧，遂成归乡之梦。春风更解人意，又趁势吹向洛阳，梦便逐风，一路迢递至故乡。一“吹”一“逐”，宾主置换，于缠绕绞合之中，尽显深沉乡思。

诗句化无形为有形，化无情为有情，以平易浅白之语，和盘托出乡思心意。

秋思

唐·张籍（766？—830？）

洛阳城里见秋风，欲作归书意万重。
复恐匆匆说不尽，行人临发又开封。

|辑 评|

［清］沈德潜《唐诗别裁》："亦复人人胸臆语，与'马上相逢无纸笔'一首同妙。"

［清］潘德舆《养一斋诗话》："文昌'洛阳城里见秋风'一首，七绝之绝境，盛唐诸巨手到此者亦罕，不独乐府古澹，足与盛唐争衡也。"

俞陛云《诗境浅说续编》："诗言已作家书，而长言不尽，临发开封，极言其怀乡之切。"

赏读

唐文宗太和元年(827)，张籍为主客郎中，分司东都洛阳。首句点明写作的时间和地点，诗人客居洛阳，正值遍吹秋风的季节，这是悲秋的典型环境。然而，诗人并没有用多余的笔墨渲染自己与洛阳繁华的疏离，也没有用多余的定语修饰秋风的萧瑟肃杀，只是以一个富有生活气息的日常片段——写、寄家书时的想法和动作切入，展开思乡叙述。第二句以简淡的文字铺展浓厚的乡愁，“欲”字写出诗人铺纸蘸墨时的情态：意绪万千，想倾吐的话滔滔万重，竟不知从哪件事写起，竟不知以哪句话落笔。提笔写了几个字，觉得不妥，遂重新研墨铺纸，兴许几案上已有数张废弃的稿纸。三四句不赘叙家书的具体内容，转而再现另一个细节场景：由于托人捎信行笔匆匆无暇细加考索，行人临出发前，又打开信封检查一下是否漏掉重要的话语。“复恐”二字，道尽诗人的微妙心理，在消息不畅的唐代社会，诗人将家书交付行人前，定已多次拆开信封，其中尽是“欲作归书意万重”时踟蹰犹豫难以落笔的艰辛。

全诗明白如话，少景物刻画，笔极简，味极深。不言乡愁，愁已弥漫心间；不道乡情，情已满溢纸笺。

蓟北旅思

唐·张籍（766？—830？）

日日望乡国，空歌白苎词。
长因送人处，忆得别家时。
失意还独语，多愁只自知。
客亭门外柳，折尽向南枝。

辑评

［元］方回《瀛奎律髓》："三、四真佳句。此张司业集中第一首诗。"

［明］唐汝询《唐诗解》："若失意多愁，则无亲知可语者，故但折柳自适，久而南枝几尽，非南向之情深乎？此皆描写客中之无聊，令读者宛然在目。"

［明］黄周星《唐诗快》："实情实景，说出无限悲凉（'长因'二句下）。"

赏读

张籍出仕前，曾游历晋、冀、鲁、豫等地，这首五律即作于旅迹蓟北时。

诗四联，虽每联都写乡思，可场景、着落点却各不相同。首联打造了一个日日举首望乡、天天空歌舞曲的客子形象。入句紧逼诗题，直举胸臆。“日日”强调“望乡国”这一动作的重复性和痴情程度。望而不得归，以歌乡曲解愁，歌亦难归，愁情转甚。一日望一遭，一日歌一遍，思乡之情备至。白苎词，吴地舞曲。张籍，家居属吴地，故舞曲、白纻皆乡关风物，归不得，忆得，忆时愈思归，字字可怜。“空”的不仅有“歌”，还有“望乡”，歌而不得归，望亦不得归，俱是徒劳之举。颔联落在驿亭,“送人处”即尾联的“客亭”,为送、迎宾客的处所。因长寓驿亭,惯见惜别场景,故常逗起与家人执手泪眼、嘱托万千的记忆。客亭有迎有送，取送别之景，是与游子切身相关之故也。颈联申述一“孤”字。失意时，有倾诉对象，尤可，偏偏孤身一人，愁只能自知，话只能自说，极尽客子落拓之状。尾联又擒题意，尽折向南的柳枝，因乌江在蓟北之南矣。古人送别时有折柳相赠的习俗，远行人在思乡怀人时,亦会折柳寄情。一“尽”字俱显思之多、思之深。日日空歌望乡、常常忆起离家之景，失意多愁自知自语，折尽柳条欲寄乡思，深肖羁旅之况。

一联一态，俱指乡思。叙愁述情，委曲周详。

宿临江驿

唐·张籍（766？—830？）

楚驿南渡口，夜深来客稀。
月明见潮上，江静觉鸥飞。
旅宿今已远，此行殊未归。
离家久无信，又听捣寒衣。

| 辑 评 |

［明］谢榛《四溟诗话》："晚唐人多用虚字，若司空曙'以我独沉久，愧君相见频'，戴叔伦'此别又万里，少年能几时'，张籍'旅宿今已远，此行殊未归'，马戴'此境可长往，浮生自不能'，此皆一句一意，虽瘦而健，虽粗而雅。"

［明］邢昉《唐风定》："与文房《余干》同韵，俱为妙唱。"

赏读

唐穆宗长庆二年(822)，张籍除水部员外郎，掌川渎、陂池、沟洫、河渠事宜。是年秋，张籍奉命出使巡视水利、漕运，至临江驿，遂作此诗，诉离家日久、思亲念归之情。

入句点题。夜深了，来临江渡口泊宿的行人寥寥。夜深，指向无眠，知来客稀少，便塑造了一个久立江边、穷极难眠的客子形象。己身亦是客，而像自己这样远行的人少，更无同自己一样未眠的客，其形象尤孤。颔联视角由“客”转向“江”：皓月当空，千里呈辉，江潮涨涌，水浪结洑。落潮后，江鸥飞掠复归平静的江面。“明”字逗出“潮”,深夜可见潮涨时的浮光跃金，可见月明似昼，诉诸视觉。“静”字引出“鸥”，甚至可以听见江鸥飞翔时扑棱翅膀的声音，可见江寂无声，诉诸听觉。不曰“见鸥飞”,而云“觉鸥飞”,翻出新意，极衬江静。上句始于“潮上”，下句结在“江静”，一涨一落，一动一静，彻夜未眠，终未说破。末两联道出失眠的原因：临江渡距家已远，而“我”的行程还未结束。离家已久，了无书信，恰值羁旅思归时，闺妇举杵捣衣之声，凄然入耳。据知，羁寓他乡时，妇女为游子、征夫制备冬衣的砧杵声，可使客子愁肠断结。张籍由临江驿听到的捣衣声，想及妻子此时正为自己举杵调砧，两处月明，一种情思。以声音结一诗，有婉转不尽之意。语浅情深，风调沉着。

行见月

唐 · 王建（766？—832？）

月初生，居人见月一月行。
行行一年十二月，强半马上看盈缺。
百年欢乐能几何？在家见少行见多。
不缘衣食相驱遣，此身谁愿长奔波。
箧中有帛仓有粟，乞向天涯走碌碌。
家中见月望我归，正是道上思家时。

| 辑 评 |

[宋] 范晞文《对床夜话》：“白乐天‘想得家中夜深坐，还应说着远行人’，语颇直，不如王建‘家中见月望我归，正是道上思家时’，有曲折之意。”

[清] 周咏棠《唐贤小三昧集续集》：“接法好（‘行行’句下）。淡宕多姿（末二句下）。”

赏读

唐宪宗元和五年(810)，王建奉命出使荆南、岭南。这首乐府诗或作于此次使南时，写沉沦下僚、生活困顿之苦，抒旅途颠沛、望月思乡之情。

开篇由月发怀，见月兴叹。诗人不直说远役者已行月余，而写家人见天边屋角，新月一弯，知距上次新月初生，游子远行已有月余。诗人见新月高悬，推己及亲，一边趁月赶路，一边对月思远，再用乡思绾结，委曲周详。“行行”，极言行得久、行得远。诗人此次南使至烟瘴蛮荒、罪臣流放之地，其艰辛可以想象。一年十二月大半时间在路上，马背上已看过十二轮月圆月缺。月尚有阴晴圆缺，人只缺不圆，“百年欢乐能几何”的感慨便冲口而出。“在家见少行见多”，在家有老妻在侧，有儿孙承欢，不必富足，尚有乐时。行外，因出身寒素、屈居下位，则饱尝世路艰辛、人情薄凉，故有“在家见少行见多”之叹。若非为衣食所驱，谁愿奔走道途？若有衣有食，谁会仰给于人、心为物役？不愿远行而不得不行，喑哑逼仄，有千钧之重。末二句宕开一笔，呼应首二句，写家人对月怀忆远行人，盼“我”早归，疲于行役的“我”，思家更切，至此，篇首拉起的线，摇动着乡思结，明晰有形起来。

一起一结，从对面写，中间八句，尽诉羁愁野况。笔势出没无端，层层转深，足见功力。

渡辽水

唐·王建（766？—832？）

渡辽水，此去咸阳五千里。
来时父母知隔生，重著衣裳如送死。
亦有白骨归咸阳，营家各与题本乡。
身在应无回渡日，驻马相看辽水傍。

辑评

［明］陆时雍《唐诗镜》:“深着处是其所长。”

赏读

唐德宗贞元十九年(803)，林胡率所部侵扰澶蓟之北，幽州节度使刘济率兵东征，王建随军出征。这首乐府诗或作于此次从军时，借被迫远征兵卒的口吻，诉恨战之情，表思乡之心。

首二句以五千里的长度拉开故乡咸阳和辽河之间的距离，长途征战的艰辛已在言外。三、四句回忆出征前情景，“知”字一笔带过，看似轻巧，实极不易。送儿上肉薄骨并、肝髓流野、古来征战鲜少人回的战场，得是见过多少次战争的残酷、看过多少遭白发人送黑发人的惨状，得是度过多少个以泪洗面的不眠夜、抚摸过多少遍娇儿的脸庞，怨恨过多少回如山的军令状，才能说得如此不拖泥带水？此谓“生离”。第四句更进一步，父母已作了“死别”的考虑：怕儿子战死沙场，无人收尸，无人替他更换寿衣，于是就在儿子出征前为其“重着衣裳”。字字沉着，字字剜心。五六句写某些战死兵卒的归宿，尸骨还乡，营官在其坟冢上刻上乡第里籍贯。“亦有”表示并非所有的落叶都能归根，并非所有的尸骨都能归正邱首。死归桑梓，福耶？祸耶？这是抒情主人公退求其次的愿望，末二句就势跌落，已渡辽河的士卒心知再难生还，遂驻马回望咸阳，此时距咸阳五千里的辽河也已有了情感温度，依依之情，怀乡恋土之意，滔滔喷涌。

通篇哀凉，字字催泪。

邯郸冬至夜思家

唐·白居易（772—846）

邯郸驿里逢冬至，抱膝灯前影伴身。
想得家中夜深坐，还应说着远行人。

|辑 评|

［宋］范晞文《对床夜话》：“白乐天‘想得家中夜深坐，还应说着远行人’，语颇直，不如王建‘家中见月望我归，正是道上思家时’，有曲折之意。”

［清］何焯《义门读书记》：“却翻转道，妙甚。”

赏读

本诗作于唐德宗贞元二十年(804)冬至，时白居易旅居邯郸驿站。

首句照应题目，叙驿站逢冬至。冬至是一年中白昼最短、黑夜最长的一天，阴极之至，此处的“冬至”并不仅仅是一个时间上的概念，也诉出触觉和观念上的寒凉感，更含节日狂欢的意味。诗人是如何过冬至的呢：灯前抱膝，徒影相伴。这是一个两三笔就可以勾勒出的萧索凄凉的画面，灯、人、影是画面的全部要素，相对于“节日”被建构出的礼仪性、游乐性来说,显得极其单薄。“抱膝”是一个常常用来传达孤单、无助、自我保护的肢体动作，诗人抱膝灯前，而非端坐、躺卧，正是其在至阴日孤独无依，想要自己温暖自己的心理的外射。“灯”既应题目“冬至夜”，又逗起“影”。按惯常经验,此情此景下该写自己如何思家，可诗人笔锋陡转，反说家人思念远行的他：深夜家人围坐灯前，孩子问父亲何时回来，妻室想冬夜寒凉不知丈夫可曾添衣添被，父母念叨着儿子可曾喝上一碗热气腾腾的羹汤，兄弟猜度诗人可曾有友朋对酌酬唱。白居易尤其擅用对写法，如《江楼月》:“谁料江边怀我夜，正当池畔望君时”；如《客上守岁在柳家庄》:“故园今夜里，应念未归人”。俱是客中人思亲，想亲亦思己的自我慰藉之词，曲笔写乡思，尤其难堪。题写“思家”,却从对面着笔,写家人思“我”,遣词至淡，思乡之味实浓。

秋风引

唐·刘禹锡（772—842）

何处秋风至？萧萧送雁群。
朝来入庭树，孤客最先闻。

|辑 评|

[清] 黄叔灿《唐诗笺注》:“谁不闻而曰‘最先闻’，孤客触绪惊心，形容尽矣。若说‘不堪闻’，便浅。”

[清] 李瑛《诗法易简录》:“咏秋风必有闻此秋风者，妙在‘最先’二字为‘孤客’写神，无限情怀，溢于言表。”

赏读

唐宪宗元和元年(806)十月，刘禹锡被贬为朗州(今湖南常德)司马。至元和九年(814)十二月，始有诏召禹锡回长安。这首诗即写于刘禹锡被贬朗州的九余年间。

开篇以问句发端，意不在求解，似是礼节性地就题而问，着意点不在“何处”，而在“至”，这是诗句展开的先决条件。

第二句先声夺人，“萧萧”状风过树木之声，“送雁群”踪秋风之迹，也是对首句问题的侧面回应。雁为候鸟，秋冬间，结群回南，无形的秋风便借“送雁群”的角色彰显了由北自南的足迹。三四句，仍诉诸听觉。早晨，风动庭树，诗人何以能确信他是最先闻知的呢？盖自一夜无眠也。诗人自屯田员外郎贬为连州刺史，再贬朗州司马，官位的落差、未来的不确定性、孤身一人的寂寞使得战战兢兢是其生活常态，故风吹草动都能牵扯到他敏感的神经，客心已先外在季节而先“秋”矣。无须多费笔墨，一夜无眠的“孤客”，最先闻知秋至，羁旅思归之情已满涨。

通篇景况，俱诉诸听觉。由无形到有形，由高空到庭院，再紧缩至孤客一身，情随空间之递小而显露，一“孤客”，振起全篇。

与浩初上人同看山寄京华亲故

唐·柳宗元（773—819）

海畔尖山似剑铓，秋来处处割愁肠。
若为化得身千亿，散上峰头望故乡。

|辑 评|

[明] 瞿佑《归田诗话》：“柳子厚诗：‘海畔尖山似剑铓……’或谓子厚南迁，不得为无罪，盖虽未死而身已上刀山矣。此语虽过，然造语险浑，读之令人惨然不乐。”

[明] 周敬、周珽《唐诗选脉会通评林》：“顾璘曰：悲语。周珽曰：‘留滞他山，愁肠如割，到处无可慰之人也。因同上人，欲假释家化身神通，少舒乡国之想’。”

赏读

唐宪宗元和十年(815)，柳宗元出为柳州(今广西柳州)刺史。约于元和十二年(817)秋，浩初上人赴柳州访柳宗元。这首五律当写于是年，诗人借佛典寓乡思，思旨奇绝。

浩初上人，与柳宗元相识于永州(今湖南永州)。上人，是对僧人的尊称。京华，指京师长安。诗人与僧人浩初观山有怀京城故旧亲友，遂成此诗。诗一起笔，着墨便狠。柳州刀削斧劈的山势压面而来，境界促狭，心有所钳。“海畔”，唐之边境，极言贬谪地距京城之远。“剑铓”，剑的尖端，状危峰兀立貌。“剑铓”不仅仅是一形象比喻，更是在为“割愁肠”蓄势，山割愁肠，有钝拙感，哪有剑割愁肠来得尖利、狠痛？“处处”言山多，亦言愁之多。“割”字，下得惨甚，一恸而绝。诗人缘何愁肠似割？一为贬所地远，环境恶劣，病躯再染新疾，几欲濒死；二为政治失意，柳州为唐朝极边之地，非有罪流放者罕有中原人至。人，穷极则返本。这两种末路窘状是后两句以佛事写乡思的根底：怎能让此身分化千亿，散上每一座山头共望故乡。由陪同看山的浩初上人触发这一奇绝的想象，既点题，又见其思乡之切、之深。古诗词中，不乏登高望乡之举，而像柳宗元这样想得千万分身，一道翘首望乡者并不多见。

愁怀深，用字险，冷峭惨然，有彻骨寒。

零陵早春

唐·柳宗元（773—819）

问春从此去，几日到秦原。
凭寄还乡梦，殷勤入故园。

|辑 评|

［清］吴昌祺《删订唐诗解》：“唐汝询曰：‘零陵在南，春最早；秦原在北，故借以言还乡之梦。’”

［清］王尧衢《古唐诗合解》：“此意殷勤，惟思故园，故亦作殷勤之梦。身不能到而梦到，庶同春以入故园耳。”

［清］吴瑞荣《唐诗笺要》：“四句一气赶下，手不能停，口不可住，与‘步出东门’‘打起黄莺儿’一例。”

赏读

唐顺宗永贞元年(805)，柳宗元自礼部员外郎贬为邵州(今湖南邵阳)刺史，两月余，再贬永州(今湖南永州)司马。至唐宪宗元和十年(815)召赴长安，宗元辱居永州十年。这首五绝即写于谪居永州的十年间。

零陵(今湖南永州零陵区)，永州治所。起笔起得痴，诗人对着零陵的早春发问：你从此北去，几日能到长安？诗人为何问早春？因有所托付：请把我的还乡梦，捎带给故园亲旧。身不能到，梦可到；人不能到，春能到。收尾收得辛酸。秦原，代指京师长安。因零陵地处湖南，春天萌生的早，长安在陕西，物候较贬所晚。诗人借这一时间差，托零陵的早春捎梦给长安的早春，再嘱长安早春问候亲眷。零陵的春天跋山涉川至长安后，已不再“新”和“早”，然而催生的景象是簇新、鲜活的，诗人对二地之春的感受是大不相同的。故问零陵早春，是隐含有长安早春光景的。春有早春、中春、晚春之分，偏取早春，可见诗人在寒冬里等候已久，冬季寒气自北而来，先侵长安，再掠零陵，故不能问冬。零陵一有春的征候，便发问，可见乡情之切。“入故园”前着一“殷勤”，一可解为情意笃厚；二有频繁、屡次意，诗人思乡尤甚，数次梦回长安。驿寄家书，是实，托早春寄梦，为虚，诗人避实就虚，是诗心使然。

诗篇不凝不滞，一气贯注。

闻黄鹂

唐·柳宗元（773—819）

倦闻子规朝暮声，不意忽有黄鹂鸣。
一声梦断楚江曲，满眼故园春意生。
目极千里无山河，麦芒际天摇青波。
王畿优本少赋役，务闲酒熟饶经过。
此时晴烟最深处，舍南巷北遥相语。
翻日迥度昆明飞，凌风邪看细柳翥。
我今误落千万山，身同伧人不思还。
乡禽何事亦来此，令我生心忆桑梓。
闭声回翅归务速，西林紫椹行当熟。

|辑评|

［宋］胡仔《苕溪渔隐丛话》："子厚《闻黄鹂》诗云：'一声梦断楚江曲，满眼故园春意生。'其感物怀土，不尽之意，备见于两句中，不在多也。"

［清］汪森《韩柳诗选》："亦有生新之笔，缘下笔时不走熟径故耳（'满眼故园'句下）。"

赏读

这首诗作于唐顺宗永贞元年 (805) 至唐宪宗元和九年 (814) 柳宗元谪居永州期间。诗人因黄鹂兴乡思。

起句下得奇，子规即杜鹃，是怨鸟，啼声哀切，常与猿鸣并举，营造愁彻肺腑的凄楚氛围，如白居易《琵琶行》:“其间旦暮闻何物？杜鹃啼血猿哀鸣”；孟郊《连州吟》:“哀猿哭花死，子规裂客心”;杨万里《夜泊鸦矶》:“已被子规酸骨死，今宵第一莫啼猿”。故子规是可以引发乡国之思、身世之悲的鸟儿。黄鹂即黄莺，是鸣禽，声音婉转圆润，杜甫:“自在娇莺恰恰啼”“隔叶黄鹂空好音”，欧阳修:“黄鹂颜色已可爱，舌端哑咤如娇婴”俱是印证。故黄鹂多是寄意美好的意象。诗人反用其意，不述子规声凄，着墨于“倦”；不书黄鹂声悦，却言其声断睡梦。鹂声婉转，岂能惊梦？顺至十六、十七句，方晓原委：因这只黄鹂是家乡飞来的鸟儿，乡物最关情，故逗起三到九句的故园光景来，一声莺啼，神驰千里，故园风物布锦列绣满眼铺饰开来：春意萌生，柳鞭莺娇；无高山大川阻隔视线，麦浪摇翠涌向天际；农桑时节，京都地区优待农民，少赋税徭役，乡里近邻情意甚厚，农闲时，欲倾家酿，招呼往来。村舍炊烟升腾，袅袅依依，舍南巷北的人遥遥招手，互话家长里短；日光下，黄鹂翻飞高翔，横过长安城的昆明池，又迎风飞举咸阳细柳营。“舍南巷北遥相语”，同句互文，参而见意，与“秦

时明月汉时关”为同一笔法。昆明，即昆明池，在长安西南。细柳，即细柳营，在咸阳西南。翥为高飞意，如刘长卿《奉寄婺州李使君舍人》：“只应随越鸟，南翥托高柯。”以黄鹂翔飞收结对故里风物的怀想，转续自身现状：我而今谪居永州重山之间，就如同楚人一样不思还家。伧，粗鄙意。南北朝时，吴国以上国自居，鄙蔑楚人为伧楚，伧人即为楚人代称。一“误落”一“不思”，似有将错就错、不思回返之感，甚至有谴责黄鹂之意：你有何事远来永州，使我生发思乡之念。古人喜于住宅墙下植桑、梓二木，供养蚕、酿酒、烧柴之用，后用以来代指故乡。诗人真有谴责之意吗？不然。末二句嘱托之细腻已将爱怜鹂鸟、思念故乡之意表达得淋漓尽致：别再鸣叫了，回转翅膀，赶紧回家吧，西林的桑葚应该已经熟了。言外之意为，不要和我在永州，遭受抑郁、愁闷之苦了。桑葚熟时，黄鹂多往来桑间。末两句非泛泛敷衍之语，是紧贴黄鹂习性而发，足见其感物怀土之意深。西林，指长安城西柳氏果林，据《寄许京兆孟容书》载，柳宗元在长安城西有祖遗田宅数顷，植果树百株。

诗由黄鹂兴起故园光景，再写自身现状，续嘱黄鹂早归。以黄鹂起，以黄鹂结，楮墨之间，乡情流转。

渡桑干

唐·贾岛（779—843）

客舍并州已十霜，归心日夜忆咸阳。
无端更渡桑干水，却望并州是故乡。

|辑 评|

[清] 岳端《寒瘦集》:“自起到结，句句相生，字字相应，章、句、字三法无一妙。”

[清] 周容《春酒堂诗话》:“阆仙所传寥寥，何以为当时推崇？‘客舍并州’一绝，结构筋力，固应值得金铸耳。”

[清] 沈德潜《唐诗别裁》:“谓并州且不得久住，况咸阳乎？仍是思咸阳，并不忘并州也。”

| 赏 读 |

关于此诗的作者有两说，一曰贾岛，一曰刘皂，今不作归属辨析，权且系于贾岛名下，淡化作者、背景，对其呈现出的微妙的思乡情感作一浅析。

劈头直点此身是客，诗人已寓居并州十年，少小离家老大难回的沧桑、无力感直逼笔端。“十霜”即十年。每当秋霜初降的时候，诗人寄篱他乡的时间又多一年，秋霜打落叶，也催白游子鬓发。霜还给人以触觉上的冰冷感，暗合游子客居异地的心理感受。第二句明“咸阳人”的身份，家居咸阳客寓并州的游子，十年如一日地“忆”故乡，也暗含并州并不那么好之意。庭中手植之树，壁上亲题之诗，对酌酬唱之友等皆不若咸阳的好。尽管客居诸多不顺意，可等诗人渡过桑干水时，竟觉并州是故乡。桑干河在并州以北偏东，并州在咸阳东北，渡桑干河后，离咸阳更远。“无端”当作无奈讲，咸阳回不去，并州居不得，诗人不得已离开，如萍飘蓬转，不知下一落脚处在哪里。“却望并州是故乡”非述对并州情深，其恨客居之久意已在前两句表露无遗，只是在前路茫茫的衬比下，有了反认寓居十年的并州是故乡的错觉。

居并州忆咸阳，苦；辗转他乡，隔着并州忆咸阳，更苦。一吟泪流，情恻难堪。

落日怅望

唐·马戴（799—869）

孤云与归鸟，千里片时间。
念我何留滞，辞家久未还。
微阳下乔木，远烧入秋山。
临水不敢照，恐惊平昔颜！

|辑评|

[明] 钟惺《唐诗归》:“孑然高朗，气亦完。”

[明] 周敬、周珽《唐诗选脉会通评林》:“周敬曰：诗有用事琢句法，妙在言其用，不言其名也。如马戴‘微阳下乔木，远烧入秋山’，是‘微阳’比‘远烧’也……比物以意，而不指言一物，谓之象外句。以云鸟起兴，自伤久滞他乡，不能如其倏聚倏归也。五六写落日望中之景，奥浑。结猎李益‘饮马泉’意，见怅望远情，所谓高寂中宽然有余韵者也。”

赏读

马戴是晚唐人，曾与贾岛、许棠等人诗酒唱答，创作以边塞诗闻名于后世，不同于晚唐其他诗人的衰飒之气，严羽曾赞扬“戴诗壮丽，居晚唐诸公之上，优游不迫，沉着痛快，两不相伤，佳作也”。

诗歌以“落日怅望”为题，标题即点明了创作的时间与事件。在这夕阳西下的时刻，孑然一身的诗人眺望着故乡的方向。此时，天空中晚霞逐渐隐没，绽放出最后的绚丽多彩，一只只鸟儿都飞往树林的方向。诗人不禁怅惘不已：即使与家相隔千里，一片云、一只鸟的抵达，应当只需要片刻时间。而诗人呢，即使经历长长的舟车劳顿，也无法返回吧，他多想化作那一片云、一只鸟。在自身与云、鸟境遇的对比中，诗人对自身产生了迷惘与自责之情：我为什么久久在异乡停留，不返回故土？在这一自问中，我们能触摸到诗人内心的痛楚。当诗人的目光又回到落日时，可见夕阳正从高大的树林中缓缓落下，而在其映射下，远处的一片山林，如同着火了一般。颈联甚得后人赞赏，清代吴乔《围炉诗话》就曾指出，用“远烧”比喻“微阳”，采用的是用以义比物，极为巧妙恰当。思乡之情在最后一联达到极致：诗人在临近水域的时候，却不敢自照，害怕自己因为思乡而形体憔悴，越发让自己悲痛。

题齐安城楼

唐·杜牧（803—853）

呜轧江楼角一声，微阳潋潋落寒汀。
不用凭栏苦回首，故乡七十五长亭。

|辑评|

[清] 周咏棠《唐贤小三昧集续集》："言故乡之远，虽望而难即也。'不用'二字，下得直而妙。"

[清] 张文荪《唐贤清雅集》："此诗须善会，若无渠气骨，更是算博士。"

俞陛云《诗境浅说续编》："凡客子登高，乡山遥望，已情所难堪。今言料无归计，不用回头，其心愈苦矣。"

赏读

唐武宗会昌二年(842)春，杜牧守外，为黄州(今属湖北)刺史。本篇写于诗人谪刺黄州的秋冬间。

劈空一声号角，将正登楼送目、神驰千里的诗人拉回眼前，夕阳的余晖洒泻到江面上，浮光跃金。由声逗景，由听觉及视觉，换转自然。“呜轧”，号角奏响之声，有呜咽意，突兀于句首，正叙诗人蓦然惊醒之态，合景合情，如临其境。“微阳”是将落未落、光弱热减的夕阳。“潋潋”状夕阳余晖渐洒汀州貌，一显慢，二明时晚，都是迟暮的征象。“寒”字，一点节候，二白心境，出守外郡、仕途失意之苦，久客思乡之艰，涌上心头，使心境凄寒。首二句因思乡而登楼远望，末二句旋即否定了登高凭栏、回首望乡这一行为的意义，故乡在七十五长亭之外，并不会因为登临送目而减少一亭的距离，任期未满、诏命未达，亦不会因远望而有回乡的机会。古时，三十里置一亭，供行客歇息，谓之“长亭”。诗人笃确地掷出“七十五”这个数字，足见其离家时的恋念不舍，自家以外的第一个长亭算起，每过一亭，默数一次里程，心凉一截，七十五个长亭数尽，黄州也到了，心亦凉透了。今再将凉透的心，从黄州以外的第一个长亭开始，往回找补，还未数到家，便自我劝解道：不必徒劳遥望了，即使望得见，也无计归还。苦不能禁也。夹景夹叙，有声有景。以数入诗，数中情深。

南陵道中

唐 · 杜牧（803—853）

南陵水面漫悠悠，风紧云轻欲变秋。
正是客心孤迥处，谁家红袖凭江楼。

| 辑 评 |

［清］周咏棠《唐贤小三昧集续集》："近人有以诗意入画者，恐未能尽其风景之妙。"

［清］王士禛《唐人万首绝句选评》："恼人客思，每每有思，妙能写出。"

俞陛云《诗境浅说续编》："此诗纯以轻秀之笔，达婉转之思。"

赏读

这首七绝写于舟行南陵(今安徽南陵)的夏秋之交。

闲闲写去，忡忡收来。首句写南陵之水，取低首下俯的视角。“漫悠悠”,既写舟行速度,又叙地势水文，地势平坦，水流平缓，才有水波不兴、悠悠漫漫之态，是江流下游的景况。次句举颈仰望，述南陵之天，笔势陡急。“欲变秋”的不仅是节候,还有诗人的心境。“云轻”状云层稀薄，一“紧”字，粗而当，既有摇动草木的视觉观感，又有萧萧飒飒的听觉声感。前半点地明时，后半表意传情。三、四句写南陵之“人”，正值触物兴感、客怀孤寂之时,忽见红袖佳人,独倚江楼,凭栏眺望。天际归舟。古典诗词中，惯有时时江上望、错认几人船的款款深深的女子形象，如温庭筠《望江南》:“梳洗罢，独倚望江楼。过尽千帆皆不是，斜晖脉脉水悠悠。肠断白蘋洲”；柳永《八声甘州》:“想佳人妆楼颙望,误几回、天际识归舟”;张元干《满江红》:“想小楼、终日望归舟，人如削”。这位着意修饰的红袖女子，或许错认诗人船帆为丈夫的归舟，雀跃之情陡转失望之意。有“谁家”即有“我家”，诗人由彼家红袖，遥忆故乡妻子，或正倚楼送目，误人为我，几自伤神。客心思乡，已堪伤；又怜妻意，愁情倍增。俯仰开合间，从闲处着笔，一句紧似一句，落句回转，而情不转，窈窕有致，层进层深。

商山早行

唐·温庭筠（812？—866？）

晨起动征铎，客行悲故乡。
鸡声茅店月，人迹板桥霜。
槲叶落山路，枳花明驿墙。
因思杜陵梦，凫雁满回塘。

|辑 评|

[明] 李东阳《怀麓堂诗话》：“‘鸡声茅店月，人迹板桥霜’，人但知其能道羁愁野况于言意之表，不知二句不用一闲字，止提掇出紧关物色字样，而音韵铿锵，意象俱足，始为难得。”

[清] 查慎行《初白庵诗评》：“颔联出句胜对句。”

赏读

唐宣宗大中十三年(859)年春，温庭筠自长安赴襄阳奔徐商。这首五律即写于途经商山(今属陕西)时，诉羁旅之苦和思乡之意。

开篇即现行人启程、骡马颈下铃铛叮咚作响的场景，贴合诗题“早行”，开门、喂马、套马、整车等准备工作已在更早时完成。“客行悲故乡”，不著闲言碎语，干脆地将游子的心剖开来给你看，直诉旅途早发的感伤不快的心绪。月挂高空，茅店上的雄鸡引颈长鸣，板桥结霜，踏过去留下一串足迹。这是回望过去的身后之景，可见诗人动身之早。颈联续写启程之早。槲叶枯落，铺满山路，踩上去沙沙作响，枳树花开，映白驿站之墙，这是身前景。槲树属落叶乔木，树叶冬枯春落。枳树属落叶小乔木，春天开花，果实酸不可食。“明”字，形容词作动词，解作“照亮”，以枳花之白衬黎明前的暗，行之已久，天未放明，再点题之“早行”。尾联似转得突兀，温庭筠怀乡心切，又晨起过早，故在马上梦回长安，梦见池塘水暖，凫雁嬉乐。杜陵，在长安城南，此处代指长安，古为杜伯国，汉宣帝筑陵其上，因名杜陵。凫雁满塘的热闹景象与羁旅早行的苦况相对比，正应“客行悲故乡”。

通篇言“早”，句句贴题，正中客行之苦，是客中悲故乡之因，章法谨严，意象、情意俱足。

端居

唐·李商隐（813？—858？）

远书归梦两悠悠，只有空床敌素秋。
阶下青苔与红树，雨中寥落月中愁。

辑评

［清］冯浩《玉溪生诗笺注》：“杨守智：‘敌’字险而稳。”

赏读

这首七绝述客居思乡之情。诗人于中宵梦醒后，思乡之情满盈充溢，黏连起滞留异乡的无数个寂寥的昼夜。

家书不至，不知妻室安否，甚是挂念，望借归梦慰怀。信从故园来，梦自客处去，以“悠悠”状之，一曰家书长久不至，一言归梦难成。有家书，思乡之情可减一分；归梦成，亦能暂慰乡情。二者俱杳杳难期，仅有一张空床伴诗人挨度三秋。“空床”前着“只有”，述贫窘，已到秋季，无锦衾拥卧，无妻儿在侧，甚是可怜。“敌”字蛮悍，在空床和素秋之间划分畛域，看似英挺，搭以“只有”，便显气弱，一张空床，一颗被羁旅、被事功磋磨的疮孔百出的心，怎能敌得过漫天掩地的肃杀秋气。古以五行配四季，秋属金，色白，故曰素秋。二、三句间，完成视角由室内向室外的转换：阶下青苔，庭中红叶，在迷蒙的雨中现寥落之态，在清寒的月光下，愁情萦怀。阶下生青苔，叙人迹不至。李商隐此时或亦赋闲，无一官半职加身，闲到门可罗雀、青苔横生，人情凉薄可见矣。青、红相配，多有热闹喧闹之氛围，将其置于雨中、月下，便生迷离朦胧、暗淡晦昧之感。孤寂、忧愁的表面上是苔，是树，实是诗人移情于物，借物形已。月、雨并置，代表了无数个中宵梦醒、永夜难眠的思乡日子。

书不至，梦不成，人情薄，生活贫窘，词调隐契，字字可怜。

滞雨

唐·李商隐（813？—858？）

滞雨长安夜，残灯独客愁。
故乡云水地，归梦不宜秋。

| 辑 评 |

[清] 姚培谦《李义山诗集笺注》:“大抵说愁，皆在不寐时，此偏愁到梦里去。”

[清] 沈厚塽《李义山诗集辑评》:“纪昀曰：‘运思甚曲，而出以自然，故为高调。’”

赏读

这首五绝写于长安的秋夜，为宦游思归之作。

二十字遣为四句，每句都箭指故乡。入句衔题，写长安秋夜久雨，点时点地，此刻所在为长安，昔日所居是故园。李商隐，怀州河内(今河南沁阳)人，故“长安”二字后隐覆着“河内”这一地名，并有问讯河内晴雨的意味。在阴雨淋漓的秋夜，诗人独对残灯，辗转不寐。“客”对“主”，为客有愁，为“主”则少忧，再噙故乡。“残灯”是将要熄灭的灯“滞”引为“久”意，知长安阴雨连绵已非几日之久，所以诗人夜挑灯、独生愁已是客居常态。第三句正面结出题意，直陈“故乡”。“云水地”有二解：一曰故乡是云绕烟缭、绿水萦回之地；一说故乡遥遥，山隔水遏，望而不见，正如王维《和使君五郎西楼望远思归》所云：“故乡不可见，云水空如一。”末句似是临睡前的喃喃自嘱之语：秋夜万不能做回乡的梦。做梦岂是能自控的事儿，语险而稳，险在意新而似无理，稳在自嘱背后深曲的内心活动：家书不至，归计难成，借梦回乡，亦可自遣，然而梦醒后呢？秋气侵肌，只身伴灯，温存的梦境和冰冷的现实较比下，更显处境孤单凄，所以不如不梦的好。诗人在《端居》中曰：“远书归梦两悠悠”，同是羁旅流寓的秋夜，一望梦回故乡，聊以慰怀，却祈梦不成；一嘱勿做归梦，自相矛盾处正是诗人决然独处时无计消愁、手足无措的表现。自反笔势，足显愁深。

写意

唐·李商隐（813？—858？）

燕雁迢迢隔上林，高秋望断正长吟。
人间路有潼江险，天外山惟玉垒深。
日向花间留返照，云从城上结层阴。
三年已制思乡泪，更入新年恐不禁。

|辑评|

[清] 何焯《义门读书记》：“‘燕雁’句，伏思乡。‘人间’二句，正披写其不思乡而不可得之故。”

[清] 钱良择《唐音审体》：“此等诗气韵沉雄，言有尽而意无穷，少陵之后一人而矣。”

[清] 张文荪《唐贤清雅集》：“闲闲写去，一结情深，无限绝世风神。怨而不怒，真正风人。”

赏读

这首七律写于唐宣宗大中七年(853)秋，时李商隐任职于梓州(今属四川)幕府。

入句以北雁自况，秋季气寒，不得已而回南，犹自不舍，迟迟吾行，高空目断，哀鸣震响。燕雁，泛指北方之雁。上林，即上林苑，是汉武帝时期扩建的宫苑。首联暗表恋阙思归意，领联叙思归之因：蜀地山路艰险。诗人说“人间路”滟江最险、天外惟玉垒山最陡峻，一是因故园平坦之景与蜀地陡险的风物较比下造成的视觉冲突，二是诗人预以此喻指世路崎岖。颈联述思归又一因：蜀地阴多晴少，雾凝云结。巴蜀三载，瘴雾弥漫，终不见日光照“我”屋梁，只能想象神话中日浴咸池光焰万丈的情景。雾重烟浓，黄昏时才见日光返照，暮云重又结阴，苦状惨景，恰是其人生的写照。“日照”喻君恩，“阴云”比“猜意鹓雏竟未休”的腐鼠禄蠹。行路之艰，涉仕之苦，都着落在这个“宦蜀倦客”的乡思上。诗人不说滞客三年、思乡三年、泪流三年，而说思乡之泪忍抑了三年，到了新年，再难抑止，怕是要涕泪滂沱了。愁到极致，读之黯然伤神。

穷暮作客身，汲汲顾影意，恻然动人。

村中晚望

唐·陆龟蒙（？—881）

抱杖柴门立，江村日易斜。
雁寒犹忆侣，人病更离家。
短鬓看成雪，双眸旧有花。
何须万里外，即此是天涯。

赏读

陆龟蒙为晚唐文人，他科举失利之后，后半生隐居在松江甫里，过着一边耕作、一边创作的生活。其创作尤以揭露社会黑暗的小品文见称后世，与皮日休诗文唱和较多，两人并称“皮陆”。

年老的诗人茕茕孑立，眺望远方：天边的红日倾斜得更快，似乎不多一会儿，夕阳已经低至地平线的位置了，天色渐渐变暗，诗人看不清楚远处的青山。然而，诗人依旧拄着拐杖，依靠柴门静默地站着，保持着眺望的姿势。也许在这日暮时分，忙碌一天的村民都赶着牛羊回到家中，南飞的大雁，它们发出一声声鸣叫，在呼唤着其他伴侣共同归去。而诗人呢，与大雁相比，在年老疾病缠身的时候，在最需要家乡、亲人慰藉的时候，却依然远在他乡。“犹”“更”两个副词的使用，更加凸显了诗人对自身境遇的深切悲伤。正是由于思乡之情的煎熬，似乎就在一次次的远眺中，诗人的鬓角逐渐变得苍白；而诗人思念的热泪，似乎从以往就溢满了眼眶，使得眼睛不再明亮。“旧”字强调了诗人昏花的时间的长久与延续。然而，即使并未与故乡相隔万里，因为无法抵达的原因，于诗人而言，故乡依旧远如天涯之外。

全诗通过拄杖、眺望的动作，以及疾病缠身、短鬓发白、双眸昏花的外貌描写，塑造了一个年老思乡却不得归的诗人形象，生动可感。

送蜀客

唐·雍陶（？）

剑南风景腊前春，山鸟江风得雨新。
莫怪送君行较远，自缘身是忆归人。

赏读

雍陶，字国均，成都人，生卒年不详。少时家贫，仕进心切，与贾岛、姚合、王建等过从甚密。这首七绝为客中送客之作。

开篇记想家乡岁暮风物：临到岁末，蜀地已是春意融融，时雨过后，江风沉淀了细沙微尘，呼之愈觉清新，山鸟似洗濯了嗓喉，啼鸣尤显嘹亮。其中包含两重情绪：一为客喜，为客归剑南、栉沐“腊前春”而喜；二为己悲，为己播越羁旅、有家难回而悲。第三句绾合诗题，正点“莫怪”“送君”四字，逗出诗旨：送君行远，亦因我是思归之人。为客，已历一层苦境，客中送客，苦上添霜也。首二句缀景清新，笔姿明快，对友人而言，归得去，是乐景乐情；于己来说，归不去，便为乐景哀情。诗人重情，惯会送远，据《鉴诫录》载，雍陶牧简州时，送客至情尽桥，两下依依不舍，揖别良久，雍更欲送远，客人说：“此桥为‘情尽桥’，素来迎迓送行至此而止。”雍下马提笔，改桥楹“情尽”为“折柳”，并赋曰：“从来只有情难尽，何事名为情尽桥。自此改名为折柳，任他离恨一条条。”

全篇朴拙，情力万钧。

思江南

唐·方干（836—903）

昨日草枯今日青，羁人又动望乡情。
夜来有梦登归路，不到桐庐已及明。

|辑 评|

[清] 贺裳《载酒园诗话》：“诗有同出一意，而工拙自分者。如戎昱《旅次寄湖南张郎中》：‘寒江近户漫流声，竹影当窗乱月明。归梦不知湖水阔，夜来还到洛阳城。’与武元衡‘春风一夜吹乡梦，又逐春风到洛城’同意，而戎语为胜，以‘不知湖水阔’五字，有搔首弄姿之态也。然皆本于岑参‘枕上片时春梦中，行尽江南数千里’。至方干‘昨日草枯今日青……’则又竿头进步，妙于夺胎。”

赏读

方干，字雄飞，有清才。曾携卷投谒钱塘太守姚合，合视其貌丑，初甚辱之，及览其卷，又甚赏之。举而不第，退隐会稽（今浙江绍兴）镜湖。卒后，门人私谥为“玄英先生”。

首句写时间流逝，“草枯”在秋冬，“草青”在春日，诗人将两个季节缩于“昨日”，“今日”，极言窗间过马、流光飞逝。“青”用作动词，逗起次句的“动”，草一青，乡情便伴其滋长。草青于前，情生于后，故“动”字着的妙，犹言一物由另一物牵惹起来，贯上彻下，来得顾盼生姿。次句点醒题面。“羁人”，表身份。“又”字，表重复，既然乡情由草引起，所以“又”字还管顾到首句，言草数度枯荣，述羁旅时间之久，思乡次数之多，思乡情意之深。日有所思，夜有所梦。日间思乡，夜便成梦。一路迢递，草行露宿，走马摇船，天已经放亮，还没到家乡。末句点梦醒，梦一夜犹未抵乡，极言身距故乡之远。岑参《春梦》有曰：“枕上片时春梦中，行尽江南数千里”，与方干相比，梦中的空间广度差别不大，速度的迟缓则大有不同，皆以梦寄幽思，各有其妙。一说方干为睦州桐庐（今浙江桐庐）人，一说为睦州建德（今浙江建德）人，二地相去不远，故末句“桐庐”或为实写，或为代指，都指向故乡。

闽中秋思

唐·杜荀鹤（846？—907？）

雨匀紫菊丛丛色，风弄红芭叶叶声。
北畔是山南畔海，只堪画图不堪行。

|辑 评|

［宋］张淏《云谷杂记》：“《送友游吴越》云：‘夜市桥边火，春风寺外船。’《维扬春日再遇孙侍御》云：‘络岸柳丝悬细雨，绣田花朵弄残春。’《闽中秋思》云：‘雨匀紫菊丛丛色，风弄红蕉叶叶声。’可谓善状三处景物者。如此等句，盖三百篇中之警策，其他往往伤于俚俗。”

赏读

杜荀鹤，字彦之，号九华山人。出身寒微，工于诗，为时称许。这首七绝写于客居闽中（今福建）时。

诗作前半绘闽中之“美”，后半释“不足少留”，结归故园之情。首句以视觉起笔，秋雨不偏不私，将丛丛紫菊涂染得浓淡咸宜，颜均色齐。“匀”字下得勤快，将一丛丛、一朵朵、一瓣瓣的菊花浸润均匀，是一桩大事儿，需得连日作业，一场雨后，若还留得几株漏网之菊，便再下几场更细密的雨。深肖东南沿海雨多的特点。继以听觉应对：秋风以芭蕉叶为弦，轻拢慢捻，扣弦成曲，送到有心人的耳畔、心坎儿。“弄”字，遣得俏皮，秋风对于所过之处本无择选，诗人偏写风弄芭蕉，有了好恶之分，诗句便轻俏生动起来。一“匀”一“弄”，摇曳生姿，错综有致。后半由近瞻转入远眺：身北是山，连绵艰险；身南为海，浪涛拍岸。这般地势，如此风景，可入诗，宜入画，却不适合行旅，况出宾主情境。“只堪画图”，极其景美路险，意与王安石《游褒禅山记》：“世之奇伟、瑰怪、非常之观，常在于险远，而人之所罕至焉”有共通点。诗人辗转闽中，走马行船的艰辛已在“不堪行”中道尽，思乡之情尽在言外。全篇词调隐契，至结穴处方才拎出旨意，是思乡诗中的另一番笔墨。

江岸秋思

唐·杜荀鹤（846？—907？）

驱马傍江行，乡愁步步生。
举鞭挥柳色，随手失蝉声。
秋稼缘长道，寒云约古城。
家贫遇丰岁，无地可归耕。

辑评

［宋］不著撰人《宣和书谱》:“（杜荀鹤）善作诗，辞句切理，有‘举鞭挥柳色，随手失蝉声’之句，为时所称。”

赏读

杜荀鹤，平生不遂愿，尚苦吟。这首五律诉寒苦羁穷之态，发客中思乡之情，有贾岛、姚合之风。

开篇明义，点醒诗旨。牵马沿着江岸行走，乡愁沿路递增，一步一生，愈行愈浓。即便如此，还是不得不行。第三句倒追一笔，写策马离家、举挥马鞭时，柳条正在抽吐新芽儿。第四句折回当下，诗人仍在走马羁行，一举一挥之间，已启封了一个春天，终结了一个秋天，极言时光飞逝，自诗人离家，春尽，夏遁，秋亦将隐。蝉声噤闭，点秋，结上开下，呼应诗题。颈联正面写秋，赚足题面。庄稼蕃熟，擎举着累累硕果，沿着长道一路延伸下去，这是一个穰穰满家的丰收之年，此为乐景。第六句笔势直下，写寒云凝聚，笼罩行旅的古城。乐景衬哀情，哀景便是哀情的外化了。“寒”既写时气，又点诗人心境，云约古城，成逼压之势，是诗人忧闷心绪的体现。尾联释步步生愁，还要步步前行的原因：家境贫寒，无田地可以耕种。丰收不是年年都能遇得到，遇到了，反无田地可料理，这便是有家归不得了。错过了春种、夏忙，秋收自然也与诗人无干。身后是回不得的家，一侧是逾不过的江，另一侧是沿路绵延的刺目椎心的庄稼，头上是逼压倾轧的寒云，唯一可选的就是在这唯一一条道上踽踽独行，每行一步，愁增一分，便又往回到了入句步步生愁的羁穷之态。

兴州江馆

唐·郑谷（851？—910？）

向蜀还秦计未成，寒蛩一夜绕床鸣。
愁眠不稳孤灯尽，坐听嘉陵江水声。

赏 读

郑谷是晚唐诗人，被列入咸通十哲，他的创作对贾岛、白居易等诗人有所承继，形成了自己浅切平易的诗风，在唐末五代大为盛行。

诗歌首句就揭示了诗人的处境：由于黄巢军的入侵，诗人只能向西部逃生，却滞留在江州一带。此时此地的诗人，想起蜀地，并无可行之路，向西方进发不成；念及东方，长安的战火可能并未熄灭，返回国都亦不可行。似乎在这片茫茫天地之中，诗人找不到自己的容身之所。而在这一个冷冰冰的夜里，寒蛩（蟋蟀）在诗人的床下发出一声声尖锐的鸣叫，《诗经·豳风·七月》言："十月蟋蟀入我床下"，可见此时正值寒风萧瑟的秋天。此时的诗人，独身一人在异地旅馆，对国家未来的忧愁，对自己前途的担忧，对远方亲人的思念……种种复杂的情感交织在一起，让他无法睡个安稳觉。他静静地躺在床上，看着灯油逐渐变少、灯光逐渐暗淡下来。在这样一个夜晚，诗人别无他法，唯有从床上坐起来，听着嘉陵江的水缓缓地流淌。这一句似乎从卢纶"估客昼眠知浪静，舟人夜语觉潮生"化出，卢诗表达的是多日行船的生活，也许是闲居之无味，然郑谷此诗，却是暗含悲痛。

全诗从诗人的听觉、视觉、动作多角度进行描写，表现了诗人在黄巢之乱中的对家国思念与愁绪。

宿黄花馆

唐·杨发（？）

孤馆萧条槐叶稀，暮蝉声隔水声微。
年年为客路无尽，日日送人身未归。
何处迷鸿离浦月，谁家愁妇捣霜衣。
夜深不卧帘犹卷，数点残萤入户飞。

|辑 评|

［元］辛文房《唐才子传》：“俱浏亮清新，颇惊凡听。”

赏读

杨发的生平事迹不详，然据《唐才子传》所言，其诗在当时颇具影响力。

诗歌开篇描写了诗人所寄宿旅馆的景色：这是一所隐藏较深、与外界交接甚少的旅馆，高高大大的槐树已经枝叶稀疏，粗硬的树干带来的是落暮之感。而从池水那边传过来的蝉声，也时隐时现，它们似乎也精疲力竭，没有了夏日的生机。在这一旅馆中，诗人不禁想起自身的遭遇：年复一年在异乡奔波，这种日子似乎没有尽头，“年年”“无尽”两个词，表明诗人为客时间之久，诗人的无奈、悲伤之情由此可见。不仅如此，诗人多次在路口与友人饯别，送友人归乡，看着友人一次次远去的身影，而自己却依旧留在异土，无法归去，“日日”二字，比“年年”间隔更短暂，两相对比，情何以堪？在日暮时分，馆外传来一阵阵捣衣的声音，诗人不禁遥想，是哪家的妇人在为远方的丈夫制作秋衣呢？她的丈夫，又身处何方呢？此时月色明朗洁净，迷失了方向的大雁发出一声声凄厉的鸣声。“迷鸿”“月”“捣衣”这些典型的意象，更集中表达诗人作为游子思念故土、亲人之情。夜已渐深，而诗人依旧毫无睡意，他将帘子卷起，瞻望馆外，此时，流萤似乎渐少，天空逐渐变亮，而饱受思乡之苦的诗人，似乎又一夜无眠。

岁除夜有怀

唐·崔涂（？）

迢递三巴路，羁危万里身。
乱山残雪夜，孤烛异乡人。
渐与骨肉远，转于僮仆亲。
那堪正飘泊，明日岁华新。

|辑 评|

［明］顾璘《批点唐音》:“绝无字眼，自是工致。一字不可易。”

［清］吴乔《围炉诗话》:“崔涂《除夜有感》，说尽苦情、苦境也。”

［清］徐增《而庵说唐诗》:“‘渐与骨肉远，转与僮仆亲’，二句写尽在外真境。今夕漂泊，幸得将完，明日又要漂泊起了，此所以感也。转得好，合得好。”

赏读

崔涂，江南人，曾游历蜀、鄂、陇等地，诗多写漂泊羁旅之愁。这首五律当作于踪迹四川时，抒除夜仍为客、思乡愁倍增之情。

诗一发端便见锤炼之意。“迢递”状路途遥远貌，“羁”有漂泊异乡之意，“危”一明巴蜀地区地势艰险，二言羁旅困顿。“三巴”指巴西、巴东、巴郡，俱在今四川东部。“迢递”“万里”，笔势宏阔，气象磅礴，更显回家之路的艰辛。颔联摹写客所内外的陈置、环境：如豆寒灯伴着主仆二人；残雪覆盖乱山，寒气侵骨。除夕夜，该是阖家欢聚、守岁迎新时，而自己正漂泊他乡，与僮仆、寒灯相伴，此谓“孤”；身遭离乱，客寓巴蜀，年岁徒长，功业不竟，此谓“残”；诸种情绪交织，心境凄冷，此谓“乱”。苦情苦境，窘困凄怅。五、六句是对颔联“异乡人”在“异地”情感归属的描述：与至亲疏离，与奴仆亲近。“远”既指物理距离，也是客寓外乡，与家人无音信往还的暂时感受；“近”亦先指向实体距离，更指向主仆二人，除夕夜相互陪伴、互予情感支持的现状，他们用情感的温度共御寒夜。语意直而浅，情思切而真。尾联点题，言禁受不住除夜漂泊，并寄希望于明朝，盼新岁结束穷年羁旅之况。回顾首联，诗人距家万里，回到故乡绝非一朝一夕之事，而“明日岁华新”是穷极自慰之语，有刻肌砭骨之寒。起得艰辛，收得惨淡。

春夕

唐·崔涂（？）

水流花谢两无情，送尽东风过楚城。
蝴蝶梦中家万里，子规枝上月三更。
故园书动经年绝，华发春唯满镜生。
自是不归归便得，五湖烟景有谁争。

| 辑 评 |

［清］金圣叹《贯华堂选批唐才子诗》：“水流是水无情，花谢是花无情。何谓无情？明见客不得归，而尽送春不少住，是以曰无情也。何人胸中无春怨，如此却是怨得太无赖矣。三，是家，却不是家，却是梦；却又不是梦，却是床上客。四，是月，却不是月，却是鹃；却又不是鹃，却是一夜泪。自来写旅怀，更无有苦于此者矣（首四句下）！五、六，一‘动’字，一‘唯’字，直是路绝心穷，电无法处。七、八，却于更无法处之中，忽然易穷则变，变出如此十四字来，真令人一时读之，忽地通身跳脱也（末四句下）。”

［清］毛张健《唐体肤诠》：“情生景，景生情，情中有景，景中有情，萦纡缥缈，使读者神为之移。”

［清］薛雪《一瓢诗话》：“崔礼山‘自是不归归便得，五湖烟景有谁争’与‘相逢尽道休官去，林下何曾见一人’同一妙礼。”

| 赏 读 |

这首七言律诗或作于诗人游历湘鄂一带时，抒发时光流逝、思念家乡之情。

诗一开端就以极具代表性的流水、落花、东风来照应题目“春夕”。古诗词中，“流水”“落花”二意象常常被遣放在一起，被赋予“愁怨”的意义，如“落花不语空辞树，流水无情自入池”“恐落花、流水终寄恨，悲欢往往相随”“流水落花春去也”等。崔涂也以落花、流水写春怨，不过怨得无赖，怨得无奈，写流水、落花太无情，送尽吹拂楚城的春风。言外之意是：我还未归家，怎就将春送走了呢？你既能送春归，怎不送我还家？时光易逝、有家难回，俱不是落花、流水使然，故曰无赖；不怨天地，不怨时势，却怨流水落花，实是无计可施之语，故曰无奈。

颔联对偶写情，释怨花怨水的原因之一——梦归故里。“蝴蝶梦”，用庄周梦蝶的典故，庄周梦见自己幻化为蝴蝶，惬然恣意，觉醒后，发觉自己仍是庄周。诗人梦见还归万里之外的故乡，三更梦醒，子归哀啼，发现身仍羁系楚城。从惬意的梦中回到冰冷的客床，又闻子规催归，处境更苦，思乡愈切。子规，即杜鹃鸟，相传古蜀国开国君主杜宇，号望帝，死后魂魄化为杜鹃鸟，暮春啼鸣，声音哀凄，直至口中出血。李商隐《无题》中“庄生晓梦迷蝴蝶，望帝春心托杜鹃”句即用庄周梦蝶、杜宇化鸟的典故。“蝴蝶”和“子规”，一惬意一悲凄，一梦幻一现实。“家万里”是空间虚景，“月三更”为时间实况，数字固然可数，回家却仍是遥遥无期。一联之内，虚实相生，两情较比，苦不堪言。

回不得家，常有音信往来，情尚能堪，可现实情况是两鬓徒增白发,几年不见家书。以“动”字状家书，亲眷提笔、封信、交付邮递的情状已在言外，以“绝”字写战乱阻隔音信，比“断”“少”“无”等字更具无力感。不直说白发生，偏偏写华发生满镜，一个对镜悲白发的老者形象就活脱脱显现出来了，比直说更形象可感。“唯”字，是在春季催生万物的反衬下彰显效果的，万物生长，都是生机勃发、欣欣向荣的气象，而诗人生出的白发却象征着衰老，路绝心穷，肺腑俱塞。“动”“唯”都是寻常字，置于颈联句中，初读来有拗折不顺之感，这种陌生化的处理，拉长了读者的阅读过程，更有助于体会诗人懊丧的心境、衰颓的处境。第六句释怨花怨水的原因之二——流光易逝。

尾联笔锋一转，看似洒落：是没有人和我争夺故园风景的，我愿意回去便能回去。“五湖”用范蠡事，相传春秋时，范蠡佐助越王兴霸业后，归隐五湖。战乱未平，事功难竟，诗人实是不能回家的，故第七句正话反说，应为“自是愿归归不得”，顺势而下，第八句就藏着既然能回为何还要滞留楚地的自问，于伤心处自嘲，辛酸苦楚。

一起一结，不落窠臼。

村行

宋·王禹偁（954—1001）

马穿山径菊初黄，信马悠悠野兴长。
万壑有声含晚籁，数峰无语立斜阳。
棠梨叶落胭脂色，荞麦花开白雪香。
何事吟余忽惆怅，村桥原树似吾乡。

赏读

淳化二年（991），诗人因替被道安诬陷的徐弦谋不平，触怒了宋太宗，被贬为商州团练副使。政务后的闲暇之时，诗人就会前往商山，欣赏美好景色，遂有此诗。

这是一个秋天的黄昏，诗人骑着马在山中穿行，路旁的菊花刚刚显露出一点点嫩黄色，煞是新鲜可爱，他随走随停，游玩的兴致如此之高。也许是风的原因，诗人听到山谷的穴洞都发出“呼呼”的声响，而眺望远处，数座山峰静默地立着，斜阳是它们最好的背景色。此联描写的是商山远景，万壑用以动衬静的手法，山峰用拟人手法，生动地描写了傍晚时分山中的静谧。而当诗人将视线收回近处，他看到即将飘落大地的甘棠树叶，颜色如同胭脂一般鲜艳。盛开的荞麦花，不仅将漫山遍野装饰得如同白雪世界一般，还散发出一阵阵清新的香味，这一切让诗人感受到田园生活的美好。在这一片美景中，诗人在感叹之余为什么突然发出一声声惆怅？原来是诗人触景生情，他所见的村边的小桥、原野的一片片树木，都与诗人的家乡如此相似！诗人也许想起了自己在朝中的遭遇，自己正直不阿却沦落至此，越发渴望家乡的温暖。

全诗有远景、近景、听觉、视觉、触觉等多角度的描写，使得山中景色真实可感。由写景转为抒发思念故土之情，也极为自然熨帖。

戏答元珍

宋·欧阳修（1007—1072）

春风疑不到天涯，二月山城未见花。
残雪压枝犹有橘，冻雷惊笋欲抽芽。
夜闻归雁生乡思，病入新年感物华。
曾是洛阳花下客，野芳虽晚不须嗟。

赏读

欧阳修为一代文豪，诗词文赋兼擅，苏轼曾言其“论大道似韩愈，论事似陆贽，纪事似司马迁，诗赋似李白”。他改革文坛弊端，乐于提携后辈，对北宋文学发展影响甚大。

景祐三年（1036），以范仲淹为代表的年轻官吏试图改革，遭到以吕夷简为主的老官僚的抵制，范仲淹因而贬官饶州。此时，欧阳修挺身而出，指责谏官高若讷未履行自己职责，遭遇了同样贬官夷陵（今湖北宜昌）的命运。元珍即丁宝臣，当时在峡州任军事判官，听闻欧阳修的境遇之后，曾来信安慰，此诗即是景祐四年（1037）欧阳修应答丁宝臣之诗。

开篇诗人就提出疑问，难道是那唤醒万物的春风无法抵达夷陵，不然为什么已立春时节，这座山城依旧一片荒凉，未见山花绽放？然而，在这一片冷清的世界中，诗人看到了柑橘，即使残雪一层层压迫着树枝，它依然坚守在树枝上。此时，天空中春雷阵阵，诗人不禁想到，在地底下蛰伏了一冬的竹笋，它们不久就会抽出嫩芽吧，春天的脚步即使缓慢的，它还是来了。颔联一从视觉、一从听觉描写初春景色，同时托物言志，贯注诗人正直不屈之精神。当宁静的夜晚，大雁一群群往北方飞去，诗人反观自身，思乡之情悄然而生。此时的诗人身染疾病，与这苒苒新春两相对比，似乎他应当无比低沉、落寞。然而，在全诗最后，诗人逆转而上，一扫上联的衰颓。他对元珍说：既然我们都曾赏过洛阳娇艳可人的牡丹，那么在这偏远之地，即使野花绽放较晚，即使春天脚步迟缓，又有什么关系呢？此句回答了首联诗人的疑问，也暗含着诗人对自身贬谪经历的乐观态度以及对关心自己的朋友的安慰。

全诗结构巧妙，一问一答，情感一起一伏，最后跳出种种悲伤，以乐观处世的态度结尾。

乡思

宋·李觏（1009—1059）

人言落日是天涯，望极天涯不见家。
已恨碧山相阻隔，碧山还被暮云遮。

辑评

［宋］吴处厚《青箱杂记》："识者曰：'观此诗意，有重重障碍，李君恐时命不偶。'"

赏读

李觏，字泰伯，人称“盱江先生”。这首七绝即题落脉，直贯下文情事。

全篇以“望”字为机杼，将一字展为一诗，括尽古今登高意。从“人言”落笔，听闻日落的地方就是天尽头，天尽头都在目中，家必然可见。怀以笃定的念头，期以望乡抒怀，遂登临目追落日，至于日堙西山，仍不见故乡踪影。日薄桑榆，炊烟升腾，倦鸟归巢，周遭外出的人、物都已复位，此情此景惹起客子的乡愁来。这在有限的诗歌空间里，都是被略去不提的，我们度情揆理，给“登高”之举还原一个合乎事理的背景条件。诗人已拾级而上，站在山巅，平首而视，碧山重重，不见尽头，举首极望，暮云凝阴，遮山蔽目。此为推进法，先平视，再抬首目远。第三句的“碧山”是视域范围内的，为实写；落句的“碧山”横亘在家和障目的暮云之间，为虚写。虚实相生处，诗歌的立体空间被撑大，诗人和故乡之间的距离急剧增大，重重碧山和凝阴的暮云，是拙重之物，倾轧逼压出前两句情急败坏之语来：不是说日落处就是天边吗，为什么我目断天涯都寻不着家？是故乡在天涯之外的委曲表达，是人有家而我无归处的怅恨语气，羁旅思乡之切立现。

诗思全从“已恨”“还被”虚处见出，不讳慊慊意，更显赤子情。

题西太一宫壁二首 其一

宋·王安石（1021—1086）

柳叶鸣蜩绿暗，荷花落日红酣。
三十六陂春水，白头想见江南。

|辑 评|

[宋]洪迈《容斋随笔》：“‘柳叶鸣蜩绿暗，荷花落日红酣。三十六陂春水，白头想见江南。’荆公《题西太一宫》六言首篇也。今临川刻本以‘杨柳’为‘柳叶’，其意欲与荷花为切对，而语句遂不佳。此犹未足问，至改‘三十六陂春水’为‘三十六宫烟水’，则极可笑。公本意以在京华中，故想见江南景物，何预于宫禁哉？不学者妄意涂窜，殊为害也。彼盖以西太一宫为禁廷离宫尔。”

赏读

王安石诗、词、文兼擅，是唐宋八大家之一。治平四年(1067)，王安石回到京城，成为翰林学士，此诗即此年王安石游西太一宫所作。他曾于景祐三年(1036)跟随父亲抵达汴京，此次重游，却是在三十二年之后，因而面对西太一宫美景，感慨颇深。

此时正值盛夏，柳树枝叶非常茂密，那一片绿色由于层层叠叠的原因，似乎稍显暗淡。而鸣蝉在柳树之间发出“知知”的叫声，更增添了夏天的气氛。而那池中的荷花，在夕阳的映照下，越发鲜艳明丽。这两句中，用“暗”形容绿色，用“酣”形容红色，极得色泽之精髓，并且一暗一明，相映成趣。诗人面对这一清波，不禁念及江南地区的扬州附近也有一汪池水，名字亦是三十六陂。诗人站在西太一宫前，不由感慨时光飞逝，他已由少年变成白头老人，他对江南的思念越发深切。此诗以六言为特色，六言诗成熟于建安时期，在宋代文人手中获得更多开拓。

此首诗前两句描写西太一宫美景，后两句由实入虚，抒发诗人思念江南之情。该诗在当朝影响很大，《西清诗话》曾言，苏轼在游览西太一宫时本想题诗，看到王安石的诗作，说他是老野狐狸，可见苏轼对其构思巧妙的赞叹。

牡丹

宋·陈与义（1090—1138）

一自胡尘入汉关，十年伊洛路漫漫。
青墩溪畔龙钟客，独立东风看牡丹。

| 辑 评 |

[清]《四库全书总目提要》："慷慨激越，寄托遥深，乃往往突过古人。"

|赏读|

陈与义是两宋之际的文人，其诗词创作早期受到江西诗派的影响，方回曾将其列为江西诗派的三宗之一。

此诗作于北宋灭亡、诗人南渡之后，诗歌开篇揭示了诗人的处境：自从金兵入侵中原，洛阳、汴京等北宋的国土遭受战火的洗礼，这一次的背井离乡，诗人身上背负的还有君主被俘、故土沦丧的悲痛。诗人身处南方，只能遥望着家乡的方向，默默看着那漫长的、无法归去的路，这已经长达十年之久了。此句正如汉代古诗所言："还顾望旧乡，长路漫浩浩。"全诗后两句，尤其让人不忍卒读：第一悲在于此时的诗人，已经老态龙钟，越发行动不便，而人在年老之时，越发有思念故土之情。第二悲在于，诗人在青墩溪（在浙江桐乡北）看到了盛装绽放的牡丹，不禁越发思念故乡洛阳——故乡的牡丹名满天下啊。想当初，年少轻狂，多少次穿过牡丹花丛，却从未想过，有一天再也无法追随这种简单的生活。第三悲在于身处异地，诗人身边没有可以互相慰藉的朋友与亲人，他独自一人，临风洒泪。第四悲在于，牡丹不仅仅是牡丹，故乡不仅仅是故乡，更是国土的代表，而今，也永远失去了。整首诗留给我们的是诗人看花悲伤的背影。

此诗以诗人在青墩溪看牡丹为缘由，引发出对家乡的思念以及对故国沦丧之痛，意蕴深长。

夜宿田家

宋·戴复古（1167—？）

簦笠相随走路岐，一春不换旧征衣。
雨行山崦黄泥坂，夜扣田家白板扉。
身在乱蛙声里睡，身从化蝶梦中归。
乡书十寄九不达，天北天南雁自飞。

赏读

戴复古一生未曾出仕，干谒四方，其诗歌创作内容贴近现实，风格多样化，是南宋江湖诗派大家。

诗歌开篇就描写旅途之艰辛：诗人将笨重的簦笠（雨伞与斗篷）一直背在身上，走过一段又一段弯弯的小路。而在整个春天，诗人几乎一直穿着同一件衣服——上面也许沾满了泥点与雨水，但是他没有换洗。“簦笠”，表明诗人行路的负担之重，“旧征衣”，表明诗人一路上步履匆匆，并且生活贫寒。不仅如此，即使大雨倾盆的季节，诗人的脚步也没有停，他依旧在山坳中行走。更有甚者，有时候诗人为了赶路，半夜还未寻到落脚的地点，他只能在山野之中不停寻找，不停叩门，即使打搅了主人也别无他法。“雨”与“夜”两个名词，揭示了诗人行路的天气与时间，更加凸显旅途之艰辛。由于身心极度疲惫，诗人即使在蛙声阵阵的喧闹环境中，也很快安然进入梦乡。在梦中，诗人似乎变成了一只蝴蝶，翩翩回到故乡，诗人感到无比温暖与幸福。此句借用了“庄周梦蝶”的典故。然而梦醒之后呢？由于诗人行踪不定，寄往家乡的书信很难抵达，看着天空中的大雁，它们飞来飞去，诗人不禁黯然神伤。

这首诗歌描写旅人之艰辛以及由此产生对家乡的思念之情，真切感人。

夜书所见

宋·叶绍翁（？）

萧萧梧叶送寒声，江上秋风动客情。
知有儿童挑促织，夜深篱落一灯明。

赏读

诗人因节候迁移，引动乡思。

题曰“夜书所见”，遥括三、四句，起句却宕开笔锋，诉诸听觉。将“萧萧”置于句首，先声夺人。“萧萧梧叶”入得诗人耳，衬出秋夜的静寂和诗人的孤寂。风过梧桐树，梧桐叶推搡窃语，成“萧萧”声，所以“送”的行为主体是“风”，自然流入第二句。“动”字下得极妙，风动树叶，风吹水面，都显明易见，风动客思这一桩秘事，只有诗人自己清楚。诗人将风惊客子、继动客情、再引思情潮涌这一连锁反应不落痕迹地呈现给读者，尤见功力。节候由蓊郁葱茏的盛夏跌入萧索肃杀的残秋，极易牵扯敏感细腻的诗心。三、四句反出机杼，以闲笔直写儿童挑灯捉蟋蟀的场景，绾合诗题“夜书所见”。“动客情”已点醒诗旨，捉蟋蟀似与旨意相去略远。诗人必不会在七绝的有限空间里虚耗半壁诗篇。其实，思乡之情全在一“知”字，知儿童捉蟋蟀，则乡情缱绻至夜深无寐矣，不以直语点破，妙在婉，妙在言外。以闲笔，达委曲之情，哀而不伤。

听雨

元·虞集（1272—1348）

屏风围坐鬓毵毵，绛蜡摇光照暮酣。
京园多年情尽改，忽听春雨忆江南。

辑评

［明］瞿佑《归田诗话》：“虞邵庵在翰林，有诗云：‘屏风围坐鬓毵毵……’又作《风入松》词云：‘画堂红袖倚清酣……’盖即诗意也，但繁简不同。”

赏读

虞集，字伯生，号道园，平生为文万卷，为元代文坛大家，与杨载、范梈、揭傒斯并称“元诗四大家”。这首诗写于仕宦京师大都(今北京)时。

开篇即景生情，以意取胜。夜幕降沉，红烛摇曳，屏风拥绕着独坐的诗人。诗人鬓角萧疏，与霜雪比白。“毵毵”，一状柳条垂长貌，如韦庄《古离别》：“晴烟漠漠柳条毵毵，不那离情酒半酣”；二常与“白”“霜”“雪”等词系联，寓衰老之意，如白居易《除夜寄微之》：“鬓毛不觉白毵毵”。虞集此处取的是第二层意思，华发苍颜独坐，便不唯“晚景”，更为“晚情”张本。绛蜡即红烛。“摇”字，将灯烛人格化，写它正全力摇动火光驱赶室内的暮色。“酣”，反衬诗人兴味阑珊。第三句概述多年宦游京师的生活习惯、意态情意的变化。虞集家居江南，有仕进之心，三十岁至大都，因宠遇日盛，一路升迁，遭同僚嫉恨、中伤。屡次请辞，于六十二岁方获准南归，多年客居京都，衣食住行已适应北方习惯，生计艰难的官场生活早已消弭了仕进之心，怕是故园之情也淡漠了吧。结句笔锋一转，婉转有致：忽听窗外春雨淅沥，潜藏在心底的故园情便决堤泛滥了。故“情尽改”只是诗人的宛曲之笔，不管何处聊寄此生，山中江上总关乎故园之情。

客中除夕

明·袁凯（？）

今夕为何夕，他乡说故乡。
看人儿女大，为客岁年长。
戎马无休歇，关山正渺茫。
一杯柏叶酒，未敌泪千行。

| 辑 评 |

［明］朱应祥《凤山稿》：“八句甚妙，无可敌者。”

赏读

元末明初连年战乱，袁凯一生多在异地漂泊。其诗今存400多首，内容丰富，曾在杨维桢座上以一首《白燕》诗闻名，被人称作“袁白燕”。

诗人在开篇就对自己提出疑问：今天是什么日子，我在他乡和其他人回忆着故乡的模样。《越人歌》“今夕何夕兮，搴舟中流。今日何日兮，得与王子同舟”，杜甫《赠卫八处士》“今夕复何夕，共此灯烛光”，表达越女(杜甫)与王子(好友)相遇的惊喜。而袁凯此诗，一反前例，他悲伤的是在最特殊的时间里，他依旧与故乡、亲人天壤悬隔。而重复出现的“夕”“乡”，增添了迂回婉转的节奏美。在主人家中，诗人一年一年看着他的儿女渐渐长大，而自己家中的儿女，他们是否长高了呢？是否变了容貌？诗人似乎很久没有享受天伦之乐了，怎不有种切肤之痛？下文揭示了诗人与亲人阻隔的原因：战争连绵不断，国家的前途依旧渺茫，诗人即使思乡心切，想要归去亦是不可能的。然而在这除旧迎新的日子，诗人虽然能在异乡饮着一杯柏叶酒，驱除邪疫，能够与主人共度节日，但是一念及远方的亲人，怎么不潸然泪下？

除夕佳节，本该与亲人其乐融融，围在火炉旁说着家长里短，逗笑儿女，而诗人却依旧作客他乡、远离亲人，此时此地，情何以堪？全诗语言朴素，情感真挚。

京师得家书

明·袁凯（？）

江水三千里，家书十五行。
行行无别语，只道早还乡。

| 辑 评 |

［清］沈德潜《明诗别裁》：“天籁。”

赏读

这首五绝写于宦居应天府（今南京）时。以距离起意，述应天府距华亭之遥，意为若以应天府为江头算起，顺流而下，至华亭，有三千里远，此为虚笔，衬家书辗转舟行、到手不易。第二句以十五行的家书对三千里的江水，以确对泛，以实应虚，家人寄信之殷，远人收信之欣，全部略去，仅取“十五行”，似有失望之情，家书内容不应像答王绩《在京思故园见乡人问》那样，从友旧安否、孩童康否，一直答到柳行疏密、茅斋宽窄吗？从三千里到十五行，为递减写法。第三句顶真相扣，更作减法，十五行家书统共只有一个意思，顺水将舟推至末句，家人殷殷叮咛嘱咐我早日回家。十五行家书，必然不是每行只着“早还乡”三字，这是诗人从中提炼出的情感内核。若信中叙东篱菊花，当是待其醉卧花丛吟赏赋诗；若写伴君如虎，则是劝其归园田居，远离庙堂；若述小儿咿呀学语，应是唤其叙一番天伦乐事。从对面写来，两倍思情。

纯任天机，一气直下。口角白话，绝得意趣。切切深情，用省净之笔和盘托出。

在武昌作

明·徐祯卿（1479—1511）

洞庭叶未下，潇湘秋欲生。
高斋今夜雨，独卧武昌城。
重以桑梓念，凄其江汉情。
不知天外雁，何事乐南征？

|辑 评|

［明］陈子龙《皇明诗选》："宋徵舆：'清绝'。"
［清］沈德潜《明诗别裁》："五言律皆孟襄阳遗法，纯以气格胜人。"

赏读

此诗为诗人客居武昌时所作，诉身处异乡怀念故里之情。屈原《湘夫人》有言：“嫋嫋兮秋风，洞庭波兮木叶下”，后世文人常常借洞庭木叶指代秋天的到来。此诗首句反用其意：虽然树上的叶子还未纷纷飘落，大地并非一片枯枝败叶的景象，但诗人还是感受到一股秋意悄然袭来。也许是身在异乡的诗人，对季节之间的转变更为敏感。秋意从何而来？颔联回答了这一问题，一场绵绵不断的秋雨，下了一整天，而在高高的楼上，诗人孑然一身，住在武昌城中。时间、地点、天气，无一不造就了孤独的气氛。“桑梓”常用来指代故乡，“江汉”一词，出自杜甫《江汉》一诗：“江汉思归客，乾坤一腐儒”，“思归客”，同样也是诗人对自己身份的定位。悲秋主题是中国传统文化的一部分，在秋天这样一个肃杀的季节，诗人开始反思自己的一生，也许有背井离乡，形单影只，也许有年华易老，功业无成……均给诗人带来悲痛的感受。这时，天空中一行行大雁，纷纷往南方飞行。诗人不禁发出感慨：大雁啊大雁，你为什么乐意前往南方呢？其实，诗人是反问自己，为什么要像大雁这样，远离自己的故乡。

全篇情景融合，意境优美，前两联用简笔勾勒了秋意浓浓的景色以及诗人独处的形象，颈联直抒其情，结尾以大雁自况，余韵悠长。

客发苕溪

清·叶燮（1627—1703）

客心如水水如愁，容易归帆趁急流。
忽讶船窗送吴语，故山月已挂船头。

|辑 评|

［清］沈德潜《清诗别裁》：“初归家时，实有此景。比‘忽惊乡树出，渐觉熟人多’更妙。”

赏读

叶燮，字星期，世称“横山先生”。这首七绝述客心急归如箭的情愫。

开篇单刀直入，直呼“客心”，点明身在旅途。诗人摇荡笔触，在客心和愁情之间贯入二“如”字、二“水”字，愁如水，反说水如愁，暗换本体、喻体，曲折有致，客愁之“形”已赫然而出。苕溪，在今浙江北部，诗人将其翻腾汹涌的特点埋于第二句的“急流”二字中，客愁深远、奔腾、耸动之势已如满弓饱帆，一触即发。归帆凭借急流之力，速度快且省力，此为“容易”之解，将其提前至句首，便可见出诗人欣喜之情。末二句放笔直写：忽闻窗外乡音声浓，于是急忙抻颈向窗外望，果见一轮故园山月挂在船头。“忽讶”，将诗人意表之外的欣喜镂刻出来，顺承带起推篷外望的动作，闻声、惊讶、推窗、见月，连成一气，一呵而就，视听效果无缝叠合。“送”字，以拟人化的口吻透出选择性的结果，“吴语”偏挑诗人之窗，区别性的对待在熟悉有特权的地方才会出现，颇耐寻味。“挂”字也做过处理，偏捡诗人船头，就将遐迩普照的月亮私我化了，无理而情深。连夜发舟、水急船快，深肖归心似箭的客子情态，吴语、山月，向耳畔、眼前索要诗料，选景设色，清新明快。以愁起，以喜结，跌宕摇曳，深挚动人。

云中至日

清·朱彝尊（1629—1709）

去岁山川缙云岭，今年雨雪白登台。
可怜日至常为客，何意天涯数举杯！
城晚角声通雁塞，关寒马色上龙堆。
故园望断江村里，愁说梅花细细开。

辑评

［清］沈德潜《国朝诗别裁》：“学北地高入杜陵，通首一气，能以大力负之而趋。”

赏 读

诗人谋求反清复明失败之后，远游他乡异地以求避祸。此诗作于康熙三年(1664)，当时诗人身在山西大同曹溶幕中。

诗歌开篇揭示了诗人一直处在奔波的路上：去年诗人还在浙江缙云岭，今年却在这雨雪纷飞的季节，登上山西大同的白登山。从东到西，从南到北，距离之远，时间之短，让人感慨万千。诗人接着念及自身，在冬至这个重要的时间节点，为什么诗人却常常做客异乡？又怎么会在这与家乡相隔万里之地，频频举起酒杯度过冬至呢？此句化用杜甫《冬至》："年年至日长为客，忽忽穷愁泥杀人"，并将杜诗中的"年年"改为"可怜"，更直接地表达出诗人对自己处境的伤感之情。傍晚时分，城墙外传来一阵阵边角声，更增添了一丝凄凉气氛，这一乐声似乎能抵达雁门关。而雁门关寒意侵入骨髓之时，诗人骑马登上白龙堆。站在高处，重重叠叠的村庄，遮住了诗人的视线，使得他无法望向更远的故乡。在这初寒料峭的时刻，诗人突然念及，故乡的梅花应该快开了吧，他多么希望梅花慢慢地开，这样也许他就能回到故乡观赏了。"愁说梅花细细开"句化用杜甫《江畔独步寻花七绝句》中"繁枝容易纷纷落，嫩蕊商量细细开"，杜诗表达的是惜春、惜花之情，朱彝尊则借梅花抒发对故乡的怀念，极为自然妥帖，毫无痕迹。

词

小磨诗坊·乡思

菩萨蛮五首 其二

唐·韦庄（836？—910？）

人人尽说江南好，游人只合江南老。春水碧于天，画船听雨眠。

垆边人似月，皓腕凝霜雪。未老莫还乡，还乡须断肠。

辑评

［清］谭献《词辨》："强颜作欢快语，怕断肠，肠亦断矣。"

［清］陈廷焯《云韶集》："一幅春水画图。意中是乡思，笔下却说江南风景好，真是泪溢中肠，无人省得。结言风尘辛苦，不到暮年，不得还乡，预知他日还乡必断肠也，与第二语口气合。"

赏读

韦庄氏出唐世显族，七世祖韦待价尝任文昌右相，四世祖是韦应物。韦庄唐昭宗时中第，颇受王建赏识，后入蜀为相，卒于成都。虽仕蜀，却未泯平定战乱、中兴唐世之志。故其所作的五首《菩萨蛮》，曲述乡国之思，此其二。

开篇即言江南之好，好到人人交口称赞。江南具体好在哪里？首先是人情厚暖。热情好客的东道主知游子故乡饱经战乱，劝其留居江南、终老于此。以此情状江南之好。二是风景秀美。春水漾漾，色碧胜天，比水天一色更甚，白居易也曾以一“好”字称道江南：“日出江花红胜火，春来江水绿如蓝。”“长似江南好风景，画船来去碧波中”，江南春色的一种佳处便是装饰绮丽的船儿，在碧波中往来穿梭；更佳处则是栖身于这样的船中，听着薄雨轻拍船篷入眠，惬意恬适。此处从视听角度以景状江南之好。三是美人娇楚：卖酒女子人如月、腕似雪。美人与月的关联性在哪里？苏轼《三部乐》云：“美人如月。乍见掩暮云，更增妍绝。”写女子娇羞。提及月，便会逗起嫦娥，将卖酒女子附丽在嫦娥的形象上，言其美。我们常以“皓”字形容明月，“皓腕”即形容女子肌肤光洁。言及中

国古代的美人儿，可能想不起卓文君，而言及当垆卖酒的美人儿，便逃不过她了，据《史记·司马相如传》载，司马相如和卓文君到临邛后，变卖车马，买一酒舍，文君当垆卖酒，相如闹市洗涤酒器。“文君当垆”便成为美女卖酒之典。既然江南人情暖、景色佳、人如画，末篇当和白居易一样以“能不忆江南”收束全词，词人偏说：“未老莫还乡，还乡须断肠。”何解？其实，此词中有明暗两条线索，明线是“江南好”，暗线是词人与江南格格不入的孤绝身影。“好”是历代文人赐给江南的修饰语，游子并发一言。“人人”“游人”是身份归属强烈对立的词语，一边是热情挽留的东道主，一边是思归无计的游子。词人只说“听雨眠”，未言是否睡着，一个因故乡战乱寓流江南的人大概是不能安眠的吧。江南女子万千，不乏专擅琴棋书画之人，为何单单写当垆者呢？因为词人是去喝酒消愁的，然而借酒浇愁愁更愁，遂发未及年老不要还乡，否则家乡战乱的惨况会使人有割肝断肠之痛的感慨。实是在说鸟飞返乡，兔走归窟，狐死首丘，“我”年老时也一定要还归故乡。

明线是乐景，暗线是哀情，以乐景衬哀情，情哀极矣。

菩萨蛮五首 其四

唐·韦庄（836？—910？）

劝君今夜须沉醉，尊前莫话明朝事。珍重主人心，酒深情亦深。

须愁春漏短，莫诉金杯满。遇酒且呵呵，人生能几何。

辑评

李冰若《花间集评注》："端己身经过离乱，富于感伤，此词意实沉痛。"

赏 读

此词是韦庄寓家国之思的《菩萨蛮》其四，作于入蜀后。

全词以一个浪荡纨绔子的口吻吐无计回乡、愁断肝肠的游子心。似是与一位友人对酌，友人劝他今宵有酒今宵醉，明日愁来明日愁。可哪有友人？这是他自酌自伤自我宽慰之语：唐朝沦亡，韦氏家族没落，欲归则无家国可归，于势不能。前蜀君主待己甚厚，放下平定战乱、光复唐世的志愿吧，莫要辜负了人君遇己之恩，欲归则情理不通，于情不能。过片以干脆利落的祈使语气命令自己：必须愁的是春夜短暂，休要推辞说酒杯已满，不能再添了。古时以漏壶计时，春日昼长夜短，故曰“须愁春漏短”。一个具有“平生志业匡尧舜”的生命态度的人，反说人生苦短，须及时行乐，得意尽欢，这天壤之别不是堕落之语，而是不堪思乡之苦的游子强求排解的无奈之举。“呵呵”不作今日网络上“无语”之意解，状笑声，此指醉后苦笑，韦庄《天仙子》其二可为其作注脚：“深夜归来长酩酊，扶入流苏犹未醒。……惊睡觉，笑呵呵，长笑人生能几何。”

这是词人自导自演的一部悲情戏，并且一人分饰两角。故作豁达的自己劝解愁闷的自己，全是明白简浅的对话，言之殷殷，情之切切，可又如何能够劝解得通？

菩萨蛮五首 其五

唐 · 韦庄（836？—910？）

洛阳城里春光好，洛阳才子他乡老。柳暗魏王堤，此时心转迷。

桃花春水渌，水上鸳鸯浴。凝恨对斜晖，忆君君不知。

辑评

［明］汤显祖《花间集》：“可怜可怜，使我心恻。”

［清］陈廷焯《白雨斋词话》：“词有貌不深而意深者，韦端己《菩萨蛮》、冯正中《蝶恋花》是也。”

赏读

居蜀的词人满目蜀地春光，想象洛阳城里也应是春意正浓，万木竞秀。北方的冬天雪虐风饕，景物单一，色灰如土，一到春天，飞花点翠，勃勃的生机使人筋骨展舒、血液沸活，视觉上的前后对比、刺激感比蜀地更甚。可是洛阳风光再好，洛阳才子都再难亲面了。“洛阳才子”以贾谊之典述己之情状，贾谊，洛阳人，少有才名，故称“洛阳才子”，后以此称籍贯在洛阳的文采斐然之人。暮春时节，魏王堤上的柳树应已枝叶婆娑、疏条遮日了，“暗”描写柳树由抽吐嫩黄新芽到枝朗叶健的动态过程。魏王堤是唐时胜景，洛水流经洛阳城内，满溢为池。贞观中，赐予魏王泰，故称魏王池，上筑堤岸，遍植垂柳，上蔽天日，下荫游人，韦庄曾游于此，且有诗句云“魏王堤畔草如烟”。柳还是当年的柳，只不过当年赏柳的人却远在蜀地，面对灼灼妖冶的桃花、漾漾清明的春水、交颈戏水的鸳鸯，浮想洛阳的景、洛阳的人，心境凄迷哀回。上片至过片，一过往，一当下，一旧时情，一眼前景，衔转自然，不假斧凿。“鸳鸯”二字逗起篇末所忆之人。而洛阳才子将终老他乡，难以兑现“回家”的诺言，空有一腔无处可寄的思念。光复不了的故土，回不去的家，见不了的人儿，都凝成挥不去的恨，恨又能如何，只得苦对落日余晖，情深至极，又无奈至极。

阮郎归

宋·秦观（1049—1100）

湘天风雨破寒初，深沉庭院虚。
丽谯吹罢小单于，迢迢清夜徂。
乡梦断，旅魂孤。峥嵘岁又除。
衡阳犹有雁传书，郴阳和雁无。

| 辑 评 |

［明］沈际飞《草堂诗余正集》："衡、郴皆楚、湘地，故曰'湘'。伤心！"

唐圭璋《唐宋词选释》："此首述旅况，亦极凄婉。上片，起言风雨生愁，次言孤馆空虚。'丽谯'两句，言角声吹彻，人亦不能寐。下片，'乡梦'三句，抒怀乡怀人之情。'岁又除'，叹旅外之久，不得便归也。'衡阳'两句，更伤无雁传书，愁愈难释。小山云：'梦魂纵有也成虚，那堪和梦无。'与此各极其妙。"

赏读

宋哲宗绍圣三年 (1096)，秦观削秩郴州。绍圣四年 (1097) 岁暮，在贬所，感于故乡难回、亲旧久疏，赋成此词。词人前后创作四首《阮郎归》，写郴州情事，此为其四。

入句首字“湘”，指示地点，顿入词篇的“天”和“风雨”开苍莽壮阔之境。“破”是冷、暖两股势力较量下，暖势力占上风的结果。郴州居南，春节未过，淑气便阵阵催寒。这是由触觉落笔，意为湘南风雨驱寒，天气开始回阳转暖。而词人的心境已在凄迷如晦的“风雨”中见分晓。次句为递进写法，前着“深沉”后跟“虚”，二词呈环抱搂合之势，将“庭院”包抄围困，“庭院”为人居处，故“深沉”实借夜深庭幽状词人心绪的幽寂，“虚”以庭院空虚衬无亲眷友旧随同过访，诉孤凄旅况。三、四句再深进一层，城门上的更楼角声吹彻，终结了漫漫长夜，一夜无眠不说自破。“丽谯”指城门上的更鼓楼，“小单于”是唐代的大角曲名，军中号角常奏此曲，声调悲壮。此二句化自李益《听晓角》：“无数塞鸿飞不度，秋风卷入小单于。”塞地宾鸿闻听晓角尚不能飞度，况是吹入羁旅思归的客子耳中？遥释末句郴阳无雁。“迢迢”极言夜长。乐时易度，悲

时必难挨，词人数尽更漏、捱待天明的形象着于纸上。这二句从声之动人的角度，写两重矛盾的心情。清夜将尽，心绪暂缓，头刚沾枕，轻梦还乡，晓角彻响，惊断乡梦，侵肌入骨的悲痛袭来，自然转入下阕。政治失意，削秩被贬，苦矣；孤身万里投荒，又苦；偏逢新春入旧年的岁暮，万象已着手换新，唯“我”身心俱枯，更苦；郴州僻远，鸿雁不到，从此端说，苦无处诉，从彼处言，家书无媒介传，苦不堪也。末二句用雁断衡阳之事，传闻，衡阳有回雁峰，鸿雁南飞望此而止，郴阳在衡阳之南，更无雁字传书。宋之问《题大庾岭北驿》:“阳月南飞雁，传闻至此回”；王勃《滕王阁序》:“雁阵惊寒，声断衡阳之浦”；柳宗元《过衡山见新花开却寄弟》:“晴天归路好相逐，正是峰前回雁时”俱用此典，宾鸿不度回雁峰已成贬所南逾衡阳之人惯用的意象，示音书断绝。

入句凄婉，情堪断肠，层进层深，一句苦似一句，至末已无肠。

苏幕遮

宋·周邦彦（1056—1121）

燎沉香，消溽暑。鸟雀呼晴，侵晓窥檐语。叶上初阳干宿雨、水面清圆，一一风荷举。

故乡遥，何日去。家住吴门，久作长安旅。五月渔郎相忆否。小楫轻舟，梦入芙蓉浦。

|辑 评|

[清]周济《宋四家词选》：“（上阕）若有意，若无意，使人神眩。”

[清]王国维《人间词话》：“真能得荷花之神理者。”

俞陛云《两宋词释》：“‘叶上’三句，笔力清健，极体物浏亮之致。”

|赏读|

这首词写于客食京师的夏日清早。雨后初晴，词人因荷思乡。

一起两句，点明节候：需要焚点沉香，来消解夏日的潮湿闷热。消暑之意、点香之举俱发生在“昨夜”。咕咕啾啾的鸟鸣终结了淅沥了一夜的雨，启封了一个新的清晨。“呼”状鸟鸣，缀以“晴”，便成了同人忧同人乐的可人意儿的有情物：鸟雀似是知晓词人苦雨盼晴，嘁嘁喳喳互相鸣，示庆雨霁之意。鸟雀啼鸣，这清朗的早晨再寻常不过、再微不足道的现象，被词人敏锐地捕捉到，挪步檐下一探“呼晴”的热闹景象，这是“窥”字生发的场景，词人偏从对面落笔，写鸟雀探头探脑、窥檐欲与人语，语轻情秀，甚是可爱。“侵晓”即拂晓。至此，词人的心情还是浏亮明朗的，昨夜的那场雨还被荷叶托举着。移步庭中，旭日初升，已将残雨蒸发掉了，荷叶亭亭出水，迎风摇曳。“清圆”，状声时，作清亮圆润解；形物时，有清润圆正之意，多用于绘月、露、荷叶等。“一一”遣得妙，不落一个，不多一只，水上之荷都关涉到了。“举”字入口，词的空间便被撑扩得立体起来，既见雨后风荷的窈窕情致，又显托举擎物的力量感。上阕写景，把荷之情事

说尽了，循昨夜、拂晓、初阳的顺序叙布铺排。

下阕述情。过片叙情直起，以问句画出客子倦容。身系汴京，心向钱塘，不知几时才能归去。“吴门”，本指春秋吴都阊门，此代指词人故乡钱塘（今浙江杭州）。“长安”，唐都城，此指北宋都城汴京，古人常借前朝风物曲写己之情事。初上口，周词上片纯写荷花，下片陡叙乡情，似无联系，然读至词末，方晓其播弄之法。结句倒追，以荷花贯通全篇。由汴京客邸的荷花，忆起旧时钓游的玩伴，梦及同他们一起摇曳小舟，荡入荷花塘。“五月”呼应“溽暑”，“我”忆“渔郎”，反说“渔郎”忆“我”，且以问句出，这一不确定性在思乡的基础上增添了一分孤寂。

以荷花关合全篇，缀景清新，语出天然，虽羁苦思深，然哀而不伤。

醉落魄

宋·周紫芝（1082—1155）

江天云薄，江头雪似杨花落。寒灯不管人离索。照得人来，真个睡不著。

归期已负梅花约，又还春动空飘泊。晓寒谁看伊梳掠。雪满西楼，人阑干角。

赏 读

周紫芝，字少隐，号竹坡居士。词风清丽，语浅近俚。这首词写漂泊客子思归怀人之情。

发端寒阔，醒明时节。江天万里，层云压顶，钳压逼迫之势，排空而至，雪趁势而下，似杨花簌簌飘落。古人常以雪喻杨花，如韩愈《晚春》:“杨花榆荚无才思，惟解漫天作雪飞”，郑谷《东蜀春晚》:“潼江水上杨花雪，刚逐孤舟缭绕飞”。周紫芝反其意而用之，以花喻雪，状雪之形，描雪之色，亦以春物表冬欲尽、春将来，逗出下阕负了与伊人的赏梅之约。凄寒空旷的环境氛围已帆涨势足，词人的视线由外向内陡转，聚焦在“寒灯”一点上，专以“无理”之语抖落深挚之情。上阕后三句，剥掉词人巧思，意为离人无寐，点得灯烛来，遣发时间，却将夜不成寐归结到灯烛身上，担起这一桩“莫须有”罪名的灯又被缀以“寒”字,加一倍无情。睡不着便睡不着,何以假得?“真个睡不著”，郎朗在口角儿边打旋儿，恨怅之意远比雕镂错彩来得直切。

下阕写“睡不著”的原因。已负了梅花盛放时归家的约定，而今春意萌动，归期尚无定数。时间先往过去触深，又向明天推进，悬想晨晓时，佳人独个儿对镜梳妆的情景。末二句将客舍飞雪置换到佳人的生活场景中，写其不顾弥天飘雪，独上西楼，迎候愆期的远人归来。写情真切，亦浅亦隽。

鹧鸪天

宋·李清照（1084—1155？）

寒日萧萧上锁窗，梧桐应恨夜来霜。酒阑更喜团茶苦，梦断偏宜瑞脑香。

秋已尽，日犹长，仲宣怀远更凄凉。不如随分尊前醉，莫负东篱菊蕊黄。

|赏读|

这首词约写于宋高宗建炎二年(1128)暮秋，时李清照随夫居江宁(今江苏南京)，词写家国之思。

一“寒”字领起全篇，逗起下文“霜”“秋尽”等字眼，点明节候，奠定全词凄寒的情感基调。“寒”写秋阳有光无热，“萧萧”形容凄清寒冷，陶渊明《祭程氏妹文》有曰：“黯黯高云，萧萧冬月。”“锁”通“琐”，“锁窗”是雕刻或绘有连环形花纹的窗子。日上琐窗，正是清晨之景，“上”字，纯无雕饰，衬无心整饬的情态。词人身在房内，视线通过琐窗先及寒阳，再及梧桐，并猜度梧桐多半应怨恨霜残梧叶、霜侵秃枝。据知，秋至而梧桐叶先衰先落，下阕有云：“秋已尽”，已非初秋光景，则梧桐恨晚霜由来应非一日，自秋初至秋尽，日日恨，夜夜恨，恨了一整个秋季。梧桐为无知物，其恨霜之情为虚，人恨霜才为实，将人的情感转嫁到物上,为避实就虚法。词人恨什么？恨家国沦陷，欲归不得。自金人掳走徽宗、钦宗二帝，大举南下，北宋沦亡，南宋偏安江南。词人随夫居江宁，值秋尽冬初时，反觉日长。秋分过后，夜渐长，昼渐短。觉日犹长，足见其醒时，恨深愁多。仲宣怀远凄凉，实是词人怀远凄凉。何以解忧？不如效仿陶渊明，东篱采菊，饮酒沉醉。看似宕开一笔，结得洒脱，倒追上阕末二句，便觉此话下得不易，醉酒是自我消愁之法，酒醉后却需团茶解酒，一“更喜”透出饮酒之多，相比醉酒带来的生理痛苦更愿团茶解酒后的清醒状态，透出生理和心理上的双重不痛快。“喜”字以乐写哀，下句更深一步，写熏香宜情，景欲乐而情欲哀，强词言欢。李清照未遭离乱前有相类语：“瑞脑香消梦魂断”，字同而情境全异也。

乡情全从“应”“更”“偏”“犹”虚处见出。

南乡子

宋·陆游（1125—1210）

归梦寄吴樯，水驿江程去路长。想见芳洲初系缆，斜阳，烟树参差认武昌。

愁鬓点新霜，曾是朝衣染御香。重到故乡交旧少，凄凉，却恐他乡胜故乡。

|辑 评|

[明] 潘游龙《古今诗余醉》："读此，可见放翁交友情谊。"

[清] 许昂霄《词综偶评》："南渡后，唯放翁为诗家大宗。词亦扫尽纤淫，超然拔俗。"

俞陛云《唐五代两宋词人选释》："入手处仅写舟行，已含有客中愁思。"

赏读

宋孝宗淳熙五年(1178)春，陆游奉诏自蜀东归，舟行过武昌(今湖北鄂州)，感知交离落，生潦倒思乡之情，遂作《南乡子》。

入手直喻题意，两用借代，肖出羁旅客子的形象，以“归梦”代己，以挂风帆的桅杆代船。次句犹言自蜀地至武昌，已宿过许多驿站，行过漫长水程，自武昌到吴地还有漫漫长路需要一桨一橹地划过，路远为实，对于一个居蜀十年的客子来说，心理距离更远。接叙舟行武昌时所见所想，忆及入蜀舟过鄂州时，拢岸系缆，于鹦鹉洲览胜的情景。落日熔金，泻洒流光，树被云烟,参差交错,哪一片才是“我”来时的武昌城。垂老之身怀壮志，于矛盾斗合处，自然转入下阕的悬想：也曾依律上朝，衣被御炉之香，削秩居蜀，而今愁鬓添白时,奉诏东归,点检故乡交旧,所剩一半还无,怕目睹知交离落的光景，反生故乡比不得异乡之感。过片述今之牢落，次句逆转，忆昔之风华，第三句笔势落跌，回至牢落现状。末二句化杜甫“他乡胜故乡”诗句结题意，真要归向梦里千回万回的故乡时，反生情怯之意，怯的是交旧少，怯的更是同志主战的交旧少！倒不如流落寂寞他乡，尚留一丝家国念想。家愁已升至国恨，竭尽士子凄凉情态。

上阕叙景叙行程，下阕述情述感慨，虚实交合，交互迭现。

一剪梅·舟过吴江

宋·蒋捷（？）

一片春愁待酒浇。江上舟摇。楼上帘招。秋娘渡与泰娘桥。风又飘飘，雨又萧萧。

何日归家洗客袍。银字笙调。心字香烧。流光容易把人抛。红了樱桃，绿了芭蕉。

| 辑 评 |

[明] 潘游龙《古今诗余醉》:“末句两用‘了’字，有许多悠悠忽忽意。”

[清] 沈雄《古今词话·词品下卷》:“银字，制笙以银作字,饰其音节。‘银字笙调’,蒋捷句也。‘银字吹笙’,毛滂句也。”

[清] 李调元《雨村词话》:“和凝《山花子》云:‘银字笙寒调正长。’按《唐书·礼乐志》，备四本属清乐，形类雅音，有银字之名，中管之格，音皆前代应律之器也。《宋史·乐志》，太平兴国中，选东西班习乐者，乐器独用银字筚栗，小笛，小笙。白乐天诗‘高调管色吹银字’，徐铉‘檀的慢调银字管’，吴融诗‘管纤银字密，梭密锦书匀’，故词中多用之。蒋竹山词‘银字笙调，雁字筝调’，所由来也。”

[清] 李佳《左庵词话》:“蒋竹山《一剪梅》词，有云:‘银字笙箫，心字香烧。流光容易把人抛，红了樱桃，绿了芭蕉。’久脍炙人口。”

|赏读|

蒋捷，生卒年不详，长于词，与周密、王沂孙、张炎并称“宋末四大家”。这首词写于漂泊吴江（今属江苏苏州）时。叙春愁，括尽羁旅思归、时不相待意。

起句直举胸臆，“春愁”二字，关合全词，下文情事俱从此处托出。愁是一种抽象无形的思维活动，遣量词“一片”使其具体可感，既写出往复萦绕、弥漫不消的情态，又让“浇”字有处着落。“酒”有形，是实，“愁”无形，是虚，以有形消无形，以实浇虚，不对等的势力双方消磨较量，必致欲益反损的结果：欲解愁，愁情转甚。“酒”字逗出“楼上帘招”，江楼上的酒幌子正迎风招徕，招的是谁？是沿浪伏行的小舟上的词人。上阕中句正面点题，“秋娘渡”与“泰娘桥”都是以人名命名的吴江地名。苏轼《苏州闾丘江君二家雨中饮酒》有赋：“唤船渡口迎秋女，驻马桥边问泰娘。”秋娘，名杜秋，唐代李锜的宠妾，杜牧《杜秋娘诗》详叙其经历。泰娘，为唐时歌妓，雅多风态，刘禹锡《泰娘歌》专述其身世。继以二“又”字肖舟行窘状，既言“又”，则此前必有不称意的旅况：水急浪涌，船行不便，此其一；或因囊箧萧条，或因忙投急趁，未能拢岸借酒浇愁，此其二。更有不称意的凄风苦雨平添行客的烦恼。风雨原是浪涌舟摇的原因，分置三句，加剧了羁旅惨况。屋漏偏逢连阴雨，“一片春愁”在开篇的浓度、厚度上又稠了几分，又深了几分，直逼出下阕三问：什么时候才能回家洗濯旅途中穿的衣服？什么时候才能回家调弄银字笙？什么时候才能回家点燃萦篆成心字的香？“何日”即“无日”。“洗客袍”下得直而切，一显旅食之久，二示衣上沾染的征尘之多，有井水处皆能洗衣，何必等到回家？这是一个略有仪式感的愿望，将衣服浆洗晾干后束之高阁，寄永不漂泊意。焚香调笙的意象逗引出意态缠绵的画面：“锦幄初温，兽烟不断，相对坐调笙。”末三句正结题意，关合入句。在“伤春悲秋”已成流行的季节病时，稍不留神，便落窠臼。且看词人如何将老套的伤春之意播弄成“久脍炙人口”的佳句。先抛出一句平实无起伏的感慨：春光易逝，再将这句议论融嵌进两句悄然接续的明俊的景物描写中，“红了樱桃”，示春去，李煜《临江仙》有曰：“樱桃落尽春归去。”“绿了芭蕉”，谓夏来，杨万里《闲居初夏午睡起》有曰：“芭蕉分绿与窗纱。”绿肥红瘦的颜色转换中，时序流转，强烈的视觉冲突下，愁绪暗生。寓情于景，假色传情，妙手说理，了然无痕，伤心人别有怀抱也。两用“了”字，省净利落。一红一绿，摇曳生姿，哀情从乐景衬出。

首尾绾合，优柔不迫。不避重字，语俊情深。

一萼红·登蓬莱阁有感

元·周密（1232—1298）

步深幽。正云黄天淡，雪意未全休。鉴曲寒沙，茂林烟草，俯仰千古悠悠。岁华晚、漂零渐远，谁念我、同载五湖州？蹬古松斜，厓阴苔老，一片清愁。

回首天涯归梦，几魂飞西浦，泪洒东州。故国山川，故园心眼，还似王粲登楼。最负他、秦鬟妆镜，好江山、何事此时游？为唤狂吟老监，共赋消忧。

| 辑 评 |

［清］戈载《宋七家词选》：“尽洗靡曼，独标清丽，有韶倩之色，有绵渺之思……于律亦极严谨。”

赏读

这首词约写于宋朝沦亡后。亡国词人的乡国之思，最为悲切。蓬莱阁，在今浙江绍兴。

以“步”字领起，既叙词人拾级而上，又引读者渐入词境。“步”的是路，“深幽”是路旁景物给人的视觉感受，以实入虚，定绵渺之调。“正”字句，明节候，云有将雪之色，人情以物迁，则人生凄寒之思。以登临之感为词旨，以季节为眼目，与王安石《桂枝香》:“登临送目，正故国晚秋，天气初肃”为同一笔法。继以登阁目览之景发千古悠思。鉴曲，即鉴湖，又名镜湖，逗出歇拍与狂吟老监共赋消忧的痴绝愿景。湖、沙可见，怎可目寒？天寒而物寒，承自“雪意未全休”，这是从日常生活得出的经验；辞必情发，词人心寒，移情于沙，“寒沙”便不唯自然物感。下二句脱化自王羲之《兰亭集序》:“此地有崇山峻岭，茂林修竹”;“俯仰之间，已为陈迹”。词人忆及王羲之等人流觞曲水、兰亭宴饮的盛况，眼前却是衰草寒烟、沙寒水浅的残败景象。千年时光在俯仰之间消弭无迹。今昔对比中，为由景入情、由人及己蓄势。下句专写自身：岁暮时晚，叹年来踪迹，愈行距故园愈远，谁能伴我远遁乱世，归隐泛舟？孤寂年衰的形象，肖画入骨。“五湖舟”

用范蠡典，寄遁世意。既付之以词，实见无人伴矣。续以含情之景作上阕结穴之语：古旧的石阶，歪斜的松木，阴湿的山崖，陈年斑驳的苔藓，都氤氲在凄清浓稠的愁绪中。以“清愁”敛笔，贯上彻下。

下阕全无兵燹战乱的字眼，感慨却全从兵燹战火中逼出。以“回首”起，先结乱后踪迹、战后心绪，后白消愁愿景。“天涯归梦”自“飘零渐远”来，身处异地，遥怀故乡。“几”字管“魂”，也管“泪”，着于“魂”前，则示梦魂飞归西浦的次数多，置于“泪”前，极言因思东州泪流的分量重。量词提前，起强调作用。西浦、东州，都在绍兴。而今，似王粲登楼，眼前望的是故国，心里装的是故园，不同处为脚下踩的是故土。二“故”字，表明山川实物犹在，具有归宿意味的家国概念已不复在，家国沦亡、山河易主的悲怆从二字喷出，此处的“故园”不仅仅是生养地的概念，它已泛化成与国等同的名词。再凝眸处，秦望山如美人发髻秀立，鉴湖若佳人妆镜不泛波澜，目此而捶胸自问：为什么偏择山河沦亡的时候重游旧地？丽景哀情，无情衬有情，问得真，问得切。题意全醒，故叙愁之笔就此敛住，转求消愁之法：唤请贺知章，同饮共赋。贺知章，晚号“四明狂客”“秘书外监”，天宝初年，病笃，上疏请为道士、求还乡里。唐玄宗下诏许之，并赐鉴湖一曲。知章作《回乡偶书》二首，其一我们耳熟能详，其二曰：“离别家乡岁月多，近来人事半消磨。唯有门前镜湖水，春风不改旧时波。”王禹偁《南园偶题》曰：“天子优贤是有唐，鉴湖恩赐贺知章”。李纲《送李似之舍人归连江旧隐》云：“一曲鉴湖归贺老，可能分半乞比邻。”周密唤地下古人消愁，自应“谁念我、同载五湖舟”，无人念矣，更无人伴，“一片清愁”实不可解，吟之有切肤之痛。

全词用事贴切，章法谨严，宋季遗民之哀，回环往复，椎心泣血。

长相思

清·纳兰性德（1655—1685）

山一程，水一程，身向榆关那畔行，夜深千帐灯。

风一更，雪一更，聒碎乡心梦不成，故园无此声。

| 辑 评 |

［清］王国维《人间词话》："……此种境界可谓千古奇观。求之于词，唯纳兰容若塞上之作……差近之。"

赏读

纳兰性德是宰相明珠之子，身份高贵，天资聪颖，甚得帝王喜爱，被封为一等侍卫，随从左右。然而纳兰性德生性淡泊，不喜仕途虚伪粉饰之风，因而即使能扈从康熙出巡，纳兰性德也并不认为是一种无上荣耀，而是在词中表达了对故园深深的思念。

词人开篇描写了出巡途中的艰辛，他跟随帝王圣驾，穿过一座座高山，趟过一条条河流，走过一段又一段的路程，一直往山海关那边的方向前行。“山一程，水一程”的重复修辞手法，不仅极具画面感，而且加强了咏唱的意味。经过一天的辛勤旅程，日暮时分整个出巡队伍终于安定下来。此时只见黑暗中亮起了千万盏明灯，一时间，大地上星星点点，煞是壮观。这盏盏明灯，也许是帝王在深夜依旧寻欢作乐的体现，也许是千万游子思念故乡、不眠的眼睛。然而，随着夜渐渐深了，词人身处这更北的边地，风与雪似乎更加猛烈，呼啸声一更又一更传来，从未停歇。此地严酷的自然环境，使词人不禁念及故乡的温暖。他试图在梦中寻找、寻找，却总被这片风雪声打搅。一个“聒”字，足见词人对此地风雪生起的怨恨之情。而“故园无此声”将北地与故园风光对比，表达了词人故园梦难续之后的悲伤。

全词语言朴素自然，思乡之情真切感人，是纳兰性德代表作之一。

菩萨蛮 其二

清·纳兰性德（1655—1685）

问君何事轻离别，一年能几团圆月。杨柳乍如丝，故园春尽时。

春归归不得，两桨松花隔。旧事逐寒潮，啼鹃恨未消。

| 辑 评 |

[清] 陈廷焯《白雨斋词话》：“‘杨柳乍如丝。故园春尽时’，亦凄婉，亦闲丽，颇似飞卿语，惜通篇不称。”

赏读

本首词以淡语写深情，风情摇曳，委婉抒发了词人对故土以及妻子的思念之情。

首句“问君何事轻离别”，模仿的是故乡妻子的口吻，她似乎在轻轻地询问诗人，为什么你将离别之事看得如此淡薄呢？细数着一年的时光，我们有多少日子是相守在一起的呢？这一声询问中又饱含着娇嗔、无奈、悲伤，具有极强的艺术感染力。月亮的阴晴圆缺是时间转变的象征，“团圆月”可视为比拟诗人与妻子的团聚时光，一语双关。此时此地，杨柳的枝条刚刚如丝绸般柔软飘扬，词人不禁念及故乡，应该也是此番暮春的景色吧？此外，古人常常折柳赠送远行之人，表示留别之意。词人见此杨柳，也许想起了当初在故乡与妻子分别的情景，思绪自然由此地转向彼地。当词人想着，趁着故乡春意未尽时归去，但他看着眼前之景，意识到这也是不可能的，因为远在东北的词人，与故土有一条长长的松花江隔着。词人念及故土之美景，念及妻子的远望的身影，心中就像那潮起潮落的江水，无法平静。也许，那叫着“不如归去”的杜鹃就是词人的代表，他心中的遗恨之情也同样无法消却。此句中的杜鹃本是春天之物，不仅贴合时节，其所寄寓的含义也与词人心情吻合。

全词婉转深情，温婉感人。

图书在版编目（CIP）数据

小磨诗坊. 乡思 / 王兆鹏丛书主编；许文可，陈芳本册主编. -- 武汉：崇文书局，2019.1（2021.8重印）
ISBN 978-7-5403-5105-2

Ⅰ. ①小… Ⅱ. ①王… ②许… ③陈… Ⅲ. ①古典诗歌—诗集—中国 Ⅳ. ①I222

中国版本图书馆CIP数据核字(2018)第161259号

小磨诗坊·乡思

责任编辑 程可嘉
装帧设计 黄 彦 杨 艳
出版发行 长江出版传媒 | 崇文书局
业务电话 027-87293001
印 刷 湖北画中画印刷有限公司
版 次 2019年1月第1版
印 次 2021年8月第2次印刷
开 本 787×1092 1/32
印 张 8
定 价 39.00元

本书如有印装质量问题，可向承印厂调换